冬の白いバラ

アン・メイザー
長沢由美 訳

ハーレクイン
SP文庫

WHITE ROSE OF WINTER

by Anne Mather

Published by Harlequin Japan,

a Division of K.K. HarperCollins Japan, 2024

アン・メイザー

イングランド北部の町に生まれ、現在は息子と娘、2人のかわいい孫がいる。自分が読みたいと思うような物語を書く、というのが彼女の信念。ハーレクイン・ロマンスに登場する前から作家として活躍していたが、このシリーズによって、一躍国際的な名声を得た。他のベストセラー作家から「彼女に憧れて作家になった」と言われるほどの伝説的な存在。

◆主要登場人物

ジュディ・ペンバートン……元秘書。
エマ……………………ジュディの娘。
マイケル・ペンバートン……ジュディの夫。故人。
ロバート・ペンバートン……マイケルの弟。建築会社重役。
ルーシー・ペンバートン……ロバートとマイケルの母親。
パメラ・ヒリンドン………ロバートの恋人。
フランシス・ヒリンドン……パメラの父親。
サンドラ・ローソン………パメラの友人。エマの家庭教師。

1

クアラルンプールからの旅の終点のロンドン空港は、小ぬかのような雨にイルミネーションがにじむばかりで、その景色はジュディの心を暗く沈ませた。〝六年前のマレーシアと同じね、ロンドンが全く知らない異国のように見えるもの〟バーバラのすすめで買ったやわらかいクロテンのコートの下の細い肩をまるめるようにして、ジュディは思った。

すでに彼女のふるさとはロンドンではなく、初めて訪れたときにはいやでたまらなかったあの南シナ海岸であった。実際、時間《とき》とそこの人たちの愛情で、ジュディはその土地の本当の生活を知るようになり、ロンドンでの生活は単に過去のものとなっていった。けれどもジュディは今またこうしてイギリスに帰ってきてしまったのだし、もうラトゥーンのバンガローへ帰っていくことはできないのだ。

にこやかに乗客たちに別れを告げていた客室乗務員が、特にジュディの手をしっかり握っている小さな女の子にやさしく微笑《ほほえ》みかけた。「さよなら、エマちゃん。フライト中にいろいろ手助けしてくれてありがとう。大助かりだったわ」

エマはいたずらっぽくジュディを見上げ、灰色の瞳をくるくると動かしながら客室乗務員の方を振り返って言った。「本当？　マミーは助けになるどころかじゃまになるなんて言ったのよ」

「とんでもない。あなたがいなかったら誰があの雑誌を配ったらいいの？」

「娘のお相手をしてくださってありがとう。おかげで娘も楽しい旅行ができましたわ」

客室乗務員は首を振った。「いいえ、ペンバートンさん。エマちゃんと一緒にいて本当に楽しかったんですから」

ジュディはそう言う客室乗務員の肩を抱いた。

「さようならを言いなさい、おちびちゃん。もうミス・フォレストに会うことはないでしょうからね」

「さよなら《バイバイ》、ミス・フォレスト」

エマはどこでも人の関心を惹《ひ》く子だった。かくべつバラ色の頬をしているというわけでもなく、むしろ太陽の光線に耐えることができないのではないかと思うほど青白い顔をしていたが、父親ゆずりのまっすぐに伸びた黒い髪は彼女をひときわ目立たせていた。

五歳の女の子を連れたこの若く美しい女性に、誰もとても親切だった。けれども、この仕切りガラスの向こうに、自分たちのことを待っている人たちがいることを思うと、ぞっとし、心配になり、ジュディは突然コートをぎゅっと抱きしめた。ジュディはなるべくそっちの方を見ないようにしていた。マイケルの家族とまた以前の関係を持たなければならないと思うと、彼らに会うときを少しでも遅くしたかった。

「まだ誰も来てないようね、おちびちゃん」とジュディは、スーツケースがちゃんと出てきたかどうか目で確かめながら、弱々しく言った。

「でもマミー。おばあちゃまは私たちを迎えにきていらっしゃるって言ったじゃないの。ねえ」とエマはしつこくジュディに言った。「ほかの人たちの中にいらっしゃるんじゃないの？」

「そうかもしれないわね」ジュディは大きくため息をついた。「いらっしゃい。見にいきましょう」

ポーターを断わって両手にスーツケースを持ち、航空バッグはエマに持たせ、二人は待合室へ入っていった。マイケルの母親のルーシー・ペンバートンは、迎えにいくと手紙に書いていたが、その約束を守るかどうかはあてにはできなかった。ジュディはため息をついた。心はすでにむなしさを感じなくなっていた。六年もの間姿を現さなかった息子の嫁を姑が出迎えにこないことで、ジュディの心が痛んだことは確かだが、どっちにしろ、ここ三カ月の出来事があまりに心をえぐるほどの痛みだったために、ジュディの心の中はほとんどからっぽだった。

エマは失望の色を隠さなかった。「おばあちゃまはいらしてないわ！　マミー、なぜなの？　来るって言ってたのに！」エマは憤然として言った。

ジュディはため息をつきながらスーツケースをおろしてエマの顔をのぞきこんだ。「あわてないで、エマ。おばあ様はきっといらっしゃる途中なんだわ。ここがどんなところかあなたはわからないのよ。車はとっても混んでいるし、交通渋滞にひっかかっていらっしゃるのかもしれないし。わかるわね？」

エマは鼻をすすった。

「たぶんそうね。でもおばあちゃまはどうして間に合うようにお出かけにならなかったのかしら？」エマは理屈を言う子だった。

ジュディは首を振った。「それはわからないわ、おちびちゃん」ジュディはエマの細い手首の男物のがっちりした腕時計を見た。飛行機は予定より数分遅れただけだ。ルーシーは迎えにくることができたはず<ruby>だ。「あのレストランでコークを飲むっていうのはどう？　エマ。おばあ様がいらっしゃるまで。あそこで電話をかけてみるわ」

エマは顔をしかめた。「おばあちゃまと行き違いになったらどうするの？　私たちがレストランへ入ったちょうどそのときにおばあちゃまがいらしたとしたら――」

ジュディはまたため息をついた。「大丈夫よ。ほら、あの窓際の席に座れば全部見えるわ」

それでもエマは納得しなかった。ジュディはもう我慢の限界にきた。ルーシーが時間通りに迎えにくるなどということはほとんどありそうもないことだし、特に何千マイルも旅をしたあとなのだ。疲れ切って頭は混乱し、いつもは我慢していることでも今は我慢できないということがわからないのだろうか。

突然、一つの考えが頭に浮かんだ。ルーシーが今日のことを全く忘れてしまっていたとしたら。ありそうなことだ。もし今日がブリッジの日だったら。ゴルフの日だったら。(雨でもゴルフはするのかしら?)ルーシーの好きなチャリティー・ホイスト運動の日だとしたら。ジュディたちが来ることを忘れてしまったとしても当然なことだ。

結局、ルーシーは私を好きになったことなんか一度もなかったんだわ。ルーシーはそのことを隠そうともしなかった。

「さあ、もうここにいるわけにはいかないわ」ジュディは努めて平静な声を出そうとした。「いらっしゃい、エマ。ママはお茶が飲みたいの」

「ジュディ!」とそのとき太い男の声がした。びっくりしてジュディはその声の主の方へいやいやながら顔を向けた。声を聞いただけで誰かちゃんとわかっていたが、彼女の神経は疲れて引きつっていた。今はロバート・ペンバートンなどと会っているときではなかった。疲労のあまり心はいらいらし、ちょっとのことでもひどく傷つきやすくなっているこんなときに。

ロバートはやせて背が高く、エマと同じ黒くまっすぐな髪をしていた。手入れのゆき届いたカラーの付いたクリーム色のカジュアルスーツを着こんでいて、人々の注目を集めて自信満々といったふうな、洗練された男のように見えた。ペンバートン家の男の中では決してハンサムなほうではなかったが、エマと同じように、なにがなし人の心を惹きつけるものを持っていて、厳密な意味でハンサムな男だった。彼は以前とちっとも変わっていないわ。数えきれない海外への旅行で日に焼けた顔の中で、目が深みを増していることを除いては。そしてロバートの印象は、ジュディの自信をくじいた。実際、ロバートはかすかな軽蔑の混じったまなざしでジュディを見ていたし、ジュディがたよりなく手を差し出したときでさえ、ロバートの口はゆがんでいた。

「ハロー、ロバート、お元気？」やっとの思いでジュディは言った。

ロバートはジュディと握手しながらいたいたしげにジュディを見たが、その目は値ぶみするように冷たかった。けれどもジュディは、私はもう子供じゃないんだし、もうロバートの下で働いているわけでもないんだから、と無理やり自分を納得させて、心の混乱をロバートに悟られないようにした。私はもう一人前のミセス、五歳の子供もある未亡人なのよ。過去のことは忘れなくちゃ。過去は過去でしかないんだし、私は今を生きている。未来、そうエマの未来のことだけを考えていればいいんだわ。

ロバートはジュディの手を離すと、冷ややかに言った。「うん、元気だよ。君は？」形式的な挨拶、それ以上のものではなかった。「元気、元気よ」と努めて冷静さを保とうとはしたものの、まるで裁判から逃げてきたような気持だった。

ロバートは長い間ジュディを見つめていた。マイケルのことを言おうとしてるのかしら、とジュディが考えていると、ロバートは急にエマの方へ腰をおとして言った。「ハロー、エマちゃん。僕のことを覚えているかい？」

エマはロバートの顔をじっと見ていた。「わからない。でもちょっとダディーに似ているみたい——ロバートおじちゃまじゃなくって？」

「その通り」とロバートはにっこりした。ジュディに話しかけるときに表れる冷たさはエマの無邪気な魅力に消されてしまっていた。「おじさんがダディーに似てるって誰が言ったのかね？」

エマはちらとジュディを見上げて言った。「マミーよ。ねえ、そうだったわよね？」

「そう。じゃあ、僕にキスをしてくれないか？」

エマはちょっとためらっていたが、やわらかな唇でロバートの頬にキスをした。エマは鼻にしわを寄せて言った。「でもなぜこんなに遅れたの？　おばあちゃまはどこ？　おばあちゃまが迎えにいらしてるってマミーは言ったのよ。どこなの？」

ロバートは立ち上がってポーターを呼び、ジュディたちの荷物を持たせた。それからエマの方に向き直って言った。「おばあ様はこないんだよ。あまり具合がよくないんでね」

ジュディは非難するようにロバートの方へ鋭い視線を送ったが、彼は気づかないふりをしていた。車が止めてあるところを指さしてポーターに荷物を運ばせているロバートは、命令を与えることに慣れていて、自信に満ちていた。何の説明もしないで横柄に指図するロバートは、ジュディのかんに障った。

ロバートは振り向くと、どちらともなく言った。「さあ、行こう。あの車だ。話は車の中でしよう」

エマは手をジュディの手の中にすべりこませて、「大丈夫？　マミー」とささやいたが、その声は十分ロバートの耳にとどいていた。

「たぶんね」とジュディはかすかに微笑んだ。「いらっしゃい。もうすぐお風呂に入って着替えられるわ。目がとっても疲れてるみたいよ」

エマはにこっと笑った。「楽しみだわ。私――私たちこれからずっとロンドンにいるのね。明日になればおばあちゃまの具合は少しはよくなるのかしら」

「何とも言えないわ」とジュディは、前を歩いている男の反応を意識して、短く言った。

ロバートは何か言いたげにちょっと立ちどまったが、気を取り直して歩き始めた。

ロバートの車はペイルグレーのアストン・マーチンで、持主同様、洗練されていて頼もしげだった。ポーターはジュディたちの荷物を車のトランクにおさめチップを受け取ると、丁重に礼を言った。ロバートはポーターを無視し、ジュディにドアを開けてやるときも無表情だった。エマはやっとのことで後ろの座席に乗り込むと、そのシートをクッションにして遊んでいた。

「スーパーカーじゃない！」エマは興奮して叫んだ。もう祖母が迎えにきていないということはきれいに忘れてしまっていた。

「そうね」ジュディはエマに笑いかけながら、しかもなげやりに答えて、肩に毛皮のコートをはおった。

ロバートはジュディの横に乗り込んで荒っぽくドアを閉めると、いやになるほど丹念にエンジンをふかした。ロバートの腿とジュディの腿の間にはたった二、三インチほどの空間があるだけで、ちょっと足を動かすだけで触れ合うほどだった。ああ、せっかく忘れようとしていた過去の思い出がよみがえってくる。どんなことでも全く忘れてしまうことができるかしら……。

駐車場からロンドン市内へ通じる道路へ出るとき、ワイパーが動き始めた。それほど激しい雨というわけではなかったが、昼日中《ひなか》から用心してライトを使わなければならないほどあたりは灰色に濁って気のめいるような天気だった。エマにとっては新鮮なようだったが、ジュディは身震いしていた。十一月のロンドンがどんなに寒くてみじめか、ジュディはよく知っていた。

ロバートは長い指ですべるようにハンドルを操り、目はしっかり前方を見ていた。交通量が少なくなったところでロバートは言った。「煙草を吸うんだったらダッシュボードに入ってるよ」

ジュディは首を振って、「めったに吸わないのよ」と丁寧に答えて、「お母様が重い病気でなければいいのだけれど」とエマのために続けた。

「風邪なんだよ、ただの」

「そうなの」ジュディは膝の上で指をからませながら言った。

「ロバートおじちゃま、どこに連れていってくださるの?」とエマがフロント・シートに腕をもたせかけてきた。それはジュディが空港でロバートに会ったときから知りたくてしようがなかったことだった。

ロバートは前を見たままで答えた。「『まち』へ行くんだよ、エマ。僕はそこにアパートを持っているんだ。僕の部屋を見たい?」

ジュディはすばやくロバートを見た。「お母様はどこにいらっしゃるの?」

ロバートの表情はますます固くなった。「心配しなくても、ジュディ、母は僕のアパートで待っているよ」

「心配なんかしちゃいないわ!」ジュディは激しく言い返した。ロバートがゆっくりと作り上げていくこの緊張感がたまらなくいやだった。

「おばあちゃまはおじちゃまのアパートで待っていらっしゃるの?」エマは二人の間のはりつめた雰囲気に頓着しなかった。

「ああ。とってもエマちゃんに会いたがってるよ」

エマとしゃべるときのロバートの口調はジュディと話すときと全く違っていたが、さもありなん、とジュディは冷淡に思った。結局、あんなことがあったあとでロバートがジュディを温かく迎えるなどということはほとんど期待できないことだった。けれども、こんな冷たい無愛想な親切を我慢するよりは、あからさまの怒りを我慢するほうがずっとましだろう。

ジュディはとうとう思い切って聞いた。「お母様と一緒に暮らしていらっしゃるの？」

どうしても聞かなければならないことだった。

ロバートは首を振った。「いや、君も知ってるだろうけど、母はもうリッチモンドには住んじゃいない。町でアパート暮らしをしてるんだ」

「そう」ジュディは眉をひそめた。ジュディは全くそのことを知らなかった。もし私たちがルーシーと一緒に住むことになるとしたら――ルーシーは手紙にそう書いてよこした――この町のアパートはエマのためによくない環境だわ。ここ数年というもの自由に暮らしてきたエマにとってここに慣れるのはたいへんだわ。

それに差しあたって困るのは、これから起こることを私がまるで喜んで受け入れるとでもロバートが思っているらしいことだ。まして、ロバートはまだマイケルのことを何も言っていないわ！　なぜ？　エマがいるから？　それとも何か別の理由があるとでも……？

「バッキンガム宮殿が見える？」エマが尋ねた。

ジュディは後ろを向いて言った。「ロンドンはラトゥーンとは違うのよ、おちびちゃん。それはそれはたくさんのビルがあるんだから。それも、とっても高いのが……。知ってるでしょ」

「じゃあ、何が見えるの？　海？」

「海は見えないわ。家ばかりよ」

ロバートは急にギアをロウへいれかえた。「僕のアパートの窓からもバッキンガム宮殿が見えるんだよ」

ジュディはかっとなって頬がほてってったがエマは喜んでいた。「本当？　本当に見えるの？　とっても高いんでしょう？」

「そりゃあ、とても高いさ。てっぺんは」

「そう！　どうやっててっぺんまで行くの？　階段がとってもたくさんあるんでしょ。パゴダのようにぐるぐる回るのかしら――」エマは興奮していた。

「エレベーターがあるのよ」とジュディは努めて憤りを抑えようとした。説明してもエマにはよくわかるまいとは思ったのだが、ジュディは疲れていたのだ。どうしてロバートはわかってくれないのかしら。

「自動のエレベーターがあるんだよ。行きたい階のボタンを押すとそこまで上がっていくんだよ」ロバートはジュディを無視してエマに話していた。

「だけど、エレベーターが上の方にいて乗る人が下の方にいたらどうするの？」

ロバートは肩ごしににやりと笑った。ジュディはそっぽを向いていた。ああ、どうしてマイケルは死んでしまったのかしら？　もう何十回も自問を続けていた。あんなに平穏無事だったのに。今では私たちの生活はみじんに砕かれてしまったわ。

ロバートもエマもジュディの心の痛みに全く気づく様子はなかった。「いい質問だ。そういうときはもう一つのボタンを押すんだ。そうするとエレベーターは自動的に下りてくるってわけさ。上にいるときも同じことだ。でもあれはとっても大きなビルだから、六つもエレベーターがあるんだがね」

「でもエレベーターが故障したときはどうするの？　電気がこなくなっちゃったら」

ロバートは、ハンマースミス高架道路に入るところで車のスピードをおとした。「階段を昇ったってちっともかまわないんだけど、てっぺんにつくまでにエマちゃんのちっちゃな足がすり切れてしまわないか心配だね」

エマはくすくす笑った。実際、たくさんのビルが窓外を通り過ぎていった。流線形のコンクリート建築や、鋼鉄製の桁が網の目のようにつなぎ合わさっている道路などは、初めて見るものだった。ラトゥーン周辺のすいた道路ばかり運転していたジュディは、あえてこんなところをドライブしようとは思わなかった。そんなチャンスもないだろうけれど。

マイケルの残した遺産では、やっと車が買えるぐらいだろう。秘書の仕事にも戻らなければ。ただ、ペンバートン家の世話にだけはなりたくなかった。

車がスローンストリートを抜けイートンゲートに入っていくまで、ふたたびジュディは忍耐をしいられた。郊外と違って街中《まちなか》はあまり変わっていなかった。つらいことにジュディのよく知っているところだった。「ペンバートン建築会社」がある通りの角を過ぎていった。あのころ――まだ平《ひら》のタイピストだったころ――のことをはっきり思い出すことができる。私はずいぶん若かった。そして間もなく、ビンセント・ハーベイの秘書に抜擢され、ハーベイを通して室長のロバート・ペンバートンに紹介された。ジュディは神経をはりつめていた。過去のことを思い出すとつらい思いでいっぱいになった。私の恋がすてきに輝いていたころだったわ。ああ、でもなんてみじめにその恋物語は終わったのだろう。

ロバートは静かな一画へ車を回し、車はアパートの前庭に止まった。彼が車のトランクを開けてジュディたちの荷物を出そうとしていると、門番はロバートの方へやってきた。

「おかえりなさいませ。何かお手伝いすることはございませんでしょうか?」

ロバートは首を振って濃く黒い髪の毛に落ちた水滴をふり払った。「ありがとう、ノリス。僕一人で大丈夫だ。昼なのにぞっとするような天気じゃないか?」

「全くでございます」好奇心のかたまりになったノリスはジュディとエマの方を見上げた。

ロバートはノリスの好奇のまなざしをさえぎって荷物を置くとトランクのふたをバタン

と閉めた。「ノリス、僕の義理の姉とそのお嬢さんだ。二、三日僕のところに泊まるから。お二人はたった今、マレーシアから着いたばかりなんだ」

予期せぬことにジュディは驚いて目をまるくした。ロバートのところに泊まる、ですって！　しかしジュディはノリスの手前何も言うことができず、ロバートの方に鋭い視線を投げかけた。ロバートは全く無関心を装ってスーツケースを持ち上げると、先に立って歩き出した。

ジュディはエマの手をとり、憤慨してそのなだらかな階段を昇っていった。いったいどういうつもりなのかしら？　なぜ彼のところになんか泊まらなくちゃならないの？　ルーシーは今一人っきりで寂しいから歓待する、と手紙に書いていたじゃないの。その言葉をストレートに受けとめていたわけではないのだが……。ただ、ルーシーのところへ泊まることにはまるっきり疑いを持っていなかったのだ。

エレベーターに乗るとジュディはロバートに言った。「ロバート、なぜ私たちはあなたのところに泊まらなきゃいけないの？　お母様からの手紙では、お母様のところに泊まれって書いてあったわ」

ロバートはスーツケースにまたがって、エレベーターの壁にもたれかかっていた。「まあ、まあ、ジュディ」それからエマの方に向かって、「エマ、君はどう思う？」と言った。

幼いエマが大人の会話の底に流れているものに気がつくはずもなかった。「ねえ、おじちゃま、てっぺんはまだ？」

「あと二、三秒だよ。ごらん――あの数字のところを動いている赤い光が今通過している階なんだよ。ほら――ついたぞ。最上階だ」

「まあ！　マミー、見て、とうとうてっぺんに着いたわ。なんだかおなかがからっぽになっちゃったみたい」ロバートの部屋へ着くと、内からドアが開き、中年の、灰色がかった赤毛の、赤い口ひげをはやした黒づくめの男が待っていた。

「おかえりなさいませ、旦那様」とその男は丸い顔を輝かせてうれしそうに出迎えた。「エレベーターの音が聞こえましたので、きっとロバート様だ、と奥様に申し上げておりましたんですよ」

ロバートはちょっと口をゆがめて笑ったが、冷たく、「たいそう有能なことだな。さあ、スーツケースをお持ちしてくれ」と言った。

「かしこまりました」

その男がスーツケースを持つと、ロバートはうんざりした顔でジュディを見た。「ハルバードだ、ジュディ。僕の行くところどこにでもハルバードあり、だ。彼は何の役でもこなせる男なんだから」

「こんにちは、ハルバード」ジュディはきつい顔立ちにあった冷ややかな笑みを浮かべた。

「ようこそいらっしゃいました、奥様。それにお嬢様。旅はいかがでございましたか？

それにしてもいやなお天気のときにお着きになったものですね」

「いやなお天気ね」とジュディは繰り返し、エマはいつもの好奇心で尋ねた。「どうしてあなたの口ひげは髪のようにグレーにならないの?」

「エマ!」とジュディはたしなめたが、ハルバードもロバートも笑っていた。

「私にもわからないんですよ、お嬢様。たぶん霜がまだ髪ほどにはしみこんでいないんでしょう」

「え? なーに?」エマは眉を寄せた。

「あとでハルバードと討論しなさい、お嬢ちゃん」とロバートは言った。「さあ行こう。おばあ様が君たちを待っているよ」

私たちを迎えるためにドアまで来ることはないわ、とジュディは思った。彼女の心は敵意に満ちていた。

「入りなさい」ロバートはジュディに話しかけるとき、ひどく冷淡になる。ジュディはためらった。

「案内して。あなたのアパートでしょ」

ロバートの目はジュディの用心深く彼を見るグリーンの目に出くわしたときちょっと厳しくなったが、何も言わないでエマの手をとって、クリーム色をした鏡板のはめこまれた戸を開けて歩いていった。ジュディはゆっくりあとに従った。入口のホールでは、ハイヒールのかかとがやわらかいじゅうたんに沈みこんでしまった。つづれ織りの壁は、外国旅行で集めた様々な土地の木彫りで明るく浮き出ていた。

ロバートは二人にコートをとる暇も与えず、ドアを開けてラウンジへ入っていった。エマの顔を見ると、ルーシーは喜びの声をあげた。

ジュディは厚いあんず色のじゅうたんの上でためらっていた。ルーシーの前に出ると、いつも奇妙なほど幼く傷つきやすい自分を感じる。初めてルーシー・ペンバートンに紹介されたときのことを今でもはっきり覚えている。ルーシーのおめがねにかなう女の子は誰もいないことは初めからわかっていた。

けれども、今、ルーシーはエマを腕の中に抱いて、ジュディの方へ手を差しのべた。

「ああ、ジュディ。私を許しておくれ！　エマとまた会えるなんてなんだか魔法にかかってるみたいだわ。今までのことはみんな終わったことなのよ……」

ジュディは急いで前に出てひざまずき、義理の母の香水のかおる頬にキスした。「またお会いできてとてもうれしいですわ、お母様」とにこやかに言ったが、すぐに〝自分〟に会えてうれしいと言ったのではないことに気づいた。けれどもジュディはそんな無慈悲な考えを押しやって、義母が自分の座っている長椅子の横を軽くたたくと、そのソファに腰をおろして、神経質な手つきでコートを脱いだ。

「迎えにいけなくてごめんなさい。かなりひどい風邪をひいてしまって、ロバートに家にいろって強く言われたものだから」

「いいんですのよ。少しはおよろしいんですの？」

「ええ、だいぶいいようだわ」ルーシーはロバートを見上げたが、ロバートは二人のやりとりを冷ややかに見守っていた。「ねえ、おまえ。ハルバードにお茶を持ってきてもらいたいんだけど。ジュディはお茶が好きだったね。そうでしょ？」

「ありがとうございます」

「ああ、話すことは山ほどあるわ！」ルーシーはエマをしっかり抱きしめながら叫んだ。

「あなたと私は心からわかり合えるわね、エマ？」

ハルバードとロバートはいつの間にか消えていた。

「おばあちゃまはここに住んでいるの？」エマはルーシーを見ながら不思議そうに聞いた。ラトゥーンでの生活は大きなラウンジ付きのアパートなどというぜいたくなものではなかったから。しかしここは陰気でも寒くもなく、ジュディの心をそそるような暖かさがあった。ジュディにさえそうなのだから、エマのような小さな子にとっては言うまでもなかった。

「いいえ、違うの。ここからあまり遠くないアパートに住んでるの。好きなときに来てみるといいわ」

ジュディは突然我慢できなくなった。誰か、何が起こりつつあるのか教えてくれたっていいじゃないの。なぜあの人たちはここにいるの？　前もって計画していたはずだわ。でもなぜルーシーは何も言わないのだろう。いつ、あの人たちは話し始めるのだろう？　本当に起こったことについての本当の話を！　たとえばマイケルの死のことを！

2

ジュディがディナーのために着替えているとき、エマはまだ眠りこけていた。ハルバードが用意した午後のお茶――ウエファースのようなサンドイッチ、ビスケット、クリームケーキ――はエマを心地よい眠りの世界に誘い、シャワーを浴びると、ものも言わずにベッドにころがりこんでしまったのだ。

エマの部屋はジュディの部屋より小さかったが、毛の深いブルーのじゅうたんが敷きつめてあり、ペイルブルーのカーテンとベッドカバーがかけてあった。ジュディのほうは白いじゅうたんと紫色のカーテンとベッドカバーだった。船便で送った荷物は二、三日もすれば着くはずになっていた。

ジュディはこれ以上ここにいたくなかった。ここを出ることは、仕事を持ち、自分たちのアパートを見つけることだとしても。

ジュディは目のくまを見ようと鏡に顔を近づけた。あきらかに睡眠不足の顔だ。彼女はぎゅっと唇をかんだ。何が起こったのだろう？　ここで私がどう見えるか誰も言ってくれない。ルーシーはエマがいるから私を受け入れたんだし、ロバートだって……。

言いようのない恐れが全身を包み、無意識のうちに身震いしていた。過去のことはもう思い出したくなかった。今のことだけを考えよう。過去のことは地獄へ追いやってしまおう。

ジュディは鏡台の椅子から立ち上がり、持ってきていた唯一のイブニングドレスのしわをのばした。髪はいつものように肩までまっすぐ垂らした。

完璧《かんぺき》な自分の姿に満足すると、ジュディは部屋から出て、鏡板のはめこまれたホールをゆっくり抜け、ラウンジの二重扉のところまで行った。コンチネンタルコーヒーの香りが部屋じゅうにただよっていて、ジュディはおいしそうなその香りをかいだ。

ラウンジのランプは、部屋に、独得のやわらかくなごやいだ空気を与えていた。部屋は暖かく心地よく、ジュディは自分の世界にひたりきっていた。

ジュディは後ろ手に扉を閉めて、ガラス窓の方へ歩いていった。ベネチア風のすだれごしに、窓下に、無数の光に輝く町のパノラマが見えた。町の中心部なのにとても静かで、旅客機の客室のようだった。こんなところに住んでたら誰だって有頂天になるはずだわ、とジュディは悲しげに首を振った。

ドアの閉まる音を聞いて振り返ってみると、いつからジュディを見ていたのか、そこにロバートが立っていた。ロバートはチャコールグレーのスエードのラウンジスーツを着ていたが、それはロバートの脚の長さや筋肉質の体つきを強調していた。

ロバートはお酒のびんの並んでいる飾り戸棚の方へ歩いていくと、「何がいい？」とジュディの方へ向き直って聞いた。

ジュディは大きくため息をついて、「ジン・トニック」とそっけなさを装って言った。

ロバートは飲み物をつくり、歩いてきてグラスを差し出したが、ずっとジュディから目を離さなかった。

「なぜ私たちをここへ連れてきたの？」

ロバートは冷たいグラスで湿った手をこすり合わせた。「そんなに重要なことかい？僕の目的は純粋で、利己的なものじゃないってことをわかってほしい」

「あなたの言葉から何を理解しろっていうの？」

「母は君たちを泊めることができないというだけのことさ。君はマイケルの未亡人なんだから、当然ここでは歓迎されるよ」

「あまり歓迎されてるようには思えないけど。特にあなたにはね」

「僕がそうしてないって？」ロバートは肩をすくめた。「それは悪かった」

「あなたはちっとも悪かったなんて思ってないわ」とジュディは叫んだが、すぐに後悔した。震えながら息をついて、ジュディは急いで続けた。「私がわからないのは、なぜお母様が、一人で寂しいから自分のところに泊まってほしいって手紙に書いてよこしたのかってことよ。実際は違うじゃないの」

「この僕がわが家に泊まってくれって言ったとしたら、君は来てくれただろうかね？」

ジュディは唇をかんだ。「もちろん、来ないわ」

「そうだろう。そういうことなんだ」ロバートはまた飲み物をつくるために立っていった。

「じゃあ、あの手紙は私たちをここへ呼び戻すための口実だったたってわけね！」

「感情的になるのはやめろよ、ジュディ。君がここへ戻ってくるのは当然のことじゃないか。これしか方法がなかったんだよ」

ジュディは憤慨した。「でもなぜ？　マイケルが生きていたときにはお母様は決してそんなこと望んでいらっしゃらなかったわ。マイケルが死んだ今となってどうして……」

ロバートはグラスの酒を半分ほどあおって、またジュディの方を見た。「あまり時間はないんだ。母が来るまでに、マレーシアで何が起こったのか話してもらいたい」

「マイケルが亡くなったこと？」

「もちろん」

ジュディはうつむいた。「なぜ〝もちろん〟なの？」

「君と議論してる暇はないんだ。事実だけを話してくれ。エマの前で話をするわけにはいかないだろう？　それに母は自分の前でひそひそ話をされるととても感じやすくなるんだ」

「どうせ私は繊細じゃないわ。マイケルは私の夫だった、ただそれだけよ！」

ロバートはサイドテーブルの葉巻の箱から一本抜きとり、怒りを隠そうと火をつけた。あくまで冷静に葉巻をくわえ、卓上ライターをつかんだロバートの顔の筋肉の厳しさに、怒りが見えた。

「ジュディ、君は僕に何を言ってほしいんだい？　僕から陳腐な決まり文句でも聞きたいのか？　違うだろう？　君がどう思おうと僕は兄貴を好きだったし、その兄貴の死について知りたいのは当然だろう。さあ話してくれ」

ジュディはロバートに背中を向けた。自分にとってもつらかった出来事を話すのに、ロバートと顔を合わせているのは耐えられないことだった。「ねえ、ロバート、あなたはお医者様の診断書を持っているんでしょ。それにあなたはマイケルに会いにもこなかったじゃないの」

「うん。実はそのことをひどく後悔しているんだ」

「あなたが？」（うそ！）と思ったが、気を取り直して言った。「あなたが聞きたいと思ってることは私も知らないのよ。彼がいつ発病したか、知らないの。あなたがどんなに知りたがっても知らないものは答えられないわ。マイケルは無理やりお医者様に頼んでいたらしいわ。真実は自分だけに知らせてくれって。彼は働きすぎで疲れていたんだと思うの。でも熱病で心臓がおかされているなんて。だって、体重も増えていたし、お酒もたくさん飲んでたのよ。とにかくマイケルは自分の病気を深刻に受けとめていなかったんだと思うわ。ああ、でも二度目の発病のとき——一度目のすぐあとだったんだけど——彼は病気と戦う力をすでになくしていた……」ジュディは急に口をつぐんで、自分を圧倒しそうな感情を追い払おうとした。

「わかったよ」ロバートは自分のグラスにもう一杯酒をついだ。「死ぬ前に兄貴はすごく苦しんだ？」

ジュディは首を振った。「いいえ、お医者様の薬でマイケルは昏睡状態だったの。私のことさえわからないようだったわ。でもだめだってことは知ってたみたいね」

「どうして僕を呼ばなかった。もしそのことを知って——いや気配でも感じていたとしたら、僕はすっとんで行ったのに……」

ジュディはベネチア風の日よけをのぞいていたが、何も見てはいなかった。「マイケルは誰も呼ぶなって言うと思ったわ。なぜだかわからないけど。私は彼の願いに逆らうことはできなかった」

「僕は葬式に行きたかった」とロバートは短く言った。「君の電報が届いたときには外国にいたんだ。もっとも葬式はそのときには終わってただろうけど」

「そうよ」ジュディはグラスをからにして、ロバートから離れた。

「それで話は終わりなのか？」ロバートは声に後悔を表して、表情を固くして振り向いた。

「君はそんなに冷たい女なのか？」

「冷たい女ですって！　ああ、神様！」

「そうじゃないって言うのかい？　君の透き通るような緑の目には、涙なんか見たことも

ないぜ！」

ジュディはともすれば弱まっていきそうな心をふるいたたせようと、怒って、長い間ロバートを見つめていた。それから突然激しく口をきった。「そういうふうにして私に話させようっていうの！　私は来たくてここに来たんじゃないわ！　力のあるペンバートン家の人たちに保護されようと思って来たんじゃないのよ！　なかでもあなたからはね！」

ロバートの日に焼けた顔はだんだん真っ青になり、ジュディは、一度だけ本当にロバートの心を強く捕らえることができたように思った。ロバートはうなるように言った。「もういい、ジュディ。君の本性を見せたまえ！」

ジュディは前へ歩み出た。この男の横っ面を思い切りひっぱたいてやりたい！　が、そのときルーシー・ペンバートンが入ってきた。

ルーシーは重そうな黒絹の長いガウンを着て、まだ若さの名残をとどめている首のまわりに何連もの真珠のネックレスをつけていた。とても六十歳には見えず、まして、空港に迎えにこられないほど気分が悪かったとは信じられなかった。

「あら、まだこんなところにいたの、ロバート？　約束は七時半のはずよ。もうとっくに

過ぎてるわ」

ロバートは吸っていた葉巻をとると、灰皿の中にぐしゃっと押しつけた。「急ぐことはないさ」ロバートは完全に自分を取り戻していた。

「パメラが怒ってるわよ」ルーシーの声には明らかに非難の調子があり、ジュディには無遠慮な視線を投げた。「ジュディ、あなたはパメラに会わなくちゃいけないわ。パメラ・ヒリンドンよ。あなたも聞いたことがあるでしょうけど。ロバートとこの春に結婚することになっているの」

ジュディは懸命に動揺を隠した。「まあ、そうですの。でもその方と会う機会があるかどうか。彼女と私では全く住む世界が違いますもの」

ロバートはドアのノブに手をかけていたが、突然ジュディの方へ向き直った。「君の言っていることがわからないね、僕には」

ジュディは怒りで頬を朱に染めながら、しかし落ち着いて言った。「そんなこと決まってるじゃないの。私――いやエマと私はここに住むことはできないわ。二、三日のうちに仕事と、エマと私だけが住むところを探すつもりよ――」

「何ですって?」ルーシーは震える手をこめかみにあてたままソファにたおれこんだ。

「ああ、ジュディ、あなたはどうかしてるわ!」

「そんなこと問題じゃない。ジュディはまだこの事件の真相を知っちゃいないんだ」とついにロバートはどなった。

「真相ですって？」ジュディは心配そうに手をぎゅっと握りしめた。

ルーシーはロバートを見上げた。「まだ話していなかったの？」

「チャンスがなかったんだよ」ロバートは髪の毛をかきむしった。ジュディはロバートの冷たいグレーの瞳を避けるように下を向いていた。

「教えてくださらない？　何ですの？」ジュディは、もう立っているのが不可能なほどだった。「私が好きなようにしてはいけない理由が何かあるんですか？」ジュディは用心深くゆっくりと顔を上げた。「もしあるのなら、戦うわ」

「マイケルは遺言を残している」ロバートはとうとう言った。

「知ってるわ。彼は家族に会社の共有権利を残したわ。それが何か？　私は何もいらないわ――」

「つまらんことを言うな！」ロバートは一瞬、自分を失ったが、「悪かった。簡単に言おう。マイケルが残した遺産はエマが二十一歳になるまで委託されるんだ。それまでエマの後見人は僕なのさ」と言った。

「うそ！」ジュディには信じられなかった。

「本当なんだ。君は争わないほうがいいと思うよ」ロバートは断固として言った。

ジュディは体を支えようと椅子の背をつかんだ。マイケルがそんな遺言を残すはずはない。知らなかった……知らなかったわ……。

ジュディは目を閉じた。力が抜けていくのがわかった。ルーシーの、「おやまあ、ロバート、ジュディは気絶しそうよ！」という声が聞こえたかと思うと、うむを言わせない力強い手がジュディを椅子の中にしっかりとおろした。目を開けると、ロバートが琥珀《こはく》色の飲み物の入ったグラスを差し出していた。

「さあ、これを飲めよ。飲めば気分もよくなるだろう」

ジュディの呼吸は速くなった。「私の気分をよくするものなんて何もないわ！　向こうへ行って！」ジュディは子供のようにだだをこねた。

「ばかなことを言うもんじゃない！」ロバートは冷たく言った。

ジュディはぼんやりとグラスを見ながら激しく震えていて、心は、たった今言われたことを忘れようとしてぐるぐる回っていた。

「もう、行きなさい、ロバート」ルーシーは興奮しているようだった。「私がうまくやるわ」

「お母さんが？」

「もちろんんよ。ジュディは自分の立場を知る必要があるわ。マイケルの未亡人として……」

「ああ、私はここにいるのよ。そんな言い方はやめて！」ジュディはもがくようにしてソファから腰をあげながら叫んだ。

ロバートは冷たくジュディを見ていた。「そうか？　もう冷静に話し合うことができるかい？」

「冷静に？　冷静にですって？　どうして私が冷静になんかなれるの？　エマは私の子供なのよ……」

「でも僕はエマの後見人だぜ」

ジュディはいやいやをするように首を振った。

「なぜマイケルはそんなことをしたの？」

ルーシーは我慢できなくなって言った。「変に感傷的にならないで。私の息子は何が起こってもいつも理性を持っていたし、息子の子供の世話をするのに一番適任なのは、彼の兄弟なのよ」

「でも、私は母親です！」ジュディは頑張った。

「そりゃそうよ。でも私たちがいなかったらあなたはエマに何をしてやれて？　何もできないわ」ルーシーはばかにしたように鼻を鳴らした。

「お金がすべてじゃないわ！」

「お金のことを言ってるんじゃありませんよ」

「でも、お金のことを言ってらっしゃるわ」

「ほかのことだってあるわ――」

ジュディは口をつけていないブランデーグラスをサイドテーブルに押しやって、しっかりと立ち上がった。「その一番いい方法とやらに納得するわけにはいきません。お母様、なぜ私にここへ来るように手紙をお書きになったんですか?」ジュディはルーシーの目をしっかり見て言った。「もし本当のことを書いたら、私が賛成しないことをご存じだったからでしょう」

ロバートは苦しそうにため息をついた。「母が事を簡単にしようとしてそう書いたのは事実だろうが、君が好むと好まざるとにかかわらず、マイケルの遺志は存在するんだし、状況がどうなろうともついてまわるんだよ」

「私は戦うことができるわ」

「そりゃ、できるさ。でも兄貴は君の生活をみるようにはっきり言っていたし、どんな弁護士でもたいていのやつは尻込みすると思うがね」ロバートは明らかにいらだっていた。

「何を争うっていうんだ?」

ジュディは頭をゆっくり左右に動かした。「何か――何か方法があるはずだわ。私――私を無理やりここに住まわせることはできないはずよ」ジュディは動揺していた。

「いいさ。君はどこでも好きなところに住めばいい。でも、エマと一緒に住むつもりなら、君は兄貴の遺言に添って僕がすることに従わなくちゃならん」

「どうするの？」ジュディは口をとがらせた。

「僕が田舎に買った家の用意ができるまでここにいるんだ。そしてそこに、エマとエマのために雇った若い家庭教師と住めばいい」

ジュディはあきれた。「あなたは――家を買って――女の人を雇った――とおっしゃるの？　私の承諾もなしに」

ロバートは首を振った。「マイケルの遺志だよ、ジュディ」

「それに――あなたの？　あなた、もうすぐ結婚するんでしょう？　どうして――どうやってエマを養うことができるの？」

「結婚するまで週末はエマと一緒に過ごすつもりだ。結婚してからも必ず週末や休日には会いにいく。不合理なことじゃないよ」

ジュディは怒って叫んだ。「もしあなたのフィアンセの――ええと――パメラがその意見に賛成しなかったらどうするの？」

「パメラはもうロバートがエマの後見人だということを知っているのよ」ルーシーが得々として言った。

「ジュディ、あなたはなんて恩知らずなの。まるでロバートがエマを誘拐してあなたをエマに近寄らせないようにするつもりみたいに聞こえるじゃないの。私はロバートはとても寛大だと思うわ」

ジュディは首を振った。救いようのないほど孤立しているのだ！　恐ろしい絶望感がジュディの心をとらえていた。しっかりと、手も足も縛られていた。マイケルは信頼できる人だった。でもなぜ？　なぜこんなことをしたの？　確かに彼だけが、私がロバートの恩義をどうしても受けたくないということを知っていたはずなのに……。

突然電話が鳴った。そのかん高い音が、その場の静けさを破った。ロバートは一瞬ためらったが、すばやく受話器を取り上げた。

「もしもし」相手の声を聞いてロバートはほっとしたようだった。「ああ、パメラ。うん。すまない。ちょっと面倒なことが起こってね。うん、わかった——わかった。すぐ行くよ」

ジュディが部屋を出て行こうとしたとき、黒いズボンとチョッキの上に大きなエプロンをつけたハルバードが入ってきた。ロバートが電話しているのを見て、ルーシーに言った。

「ディナーの用意ができましてございます、奥様」

ルーシーはまるで女王のようにソファから立ち上がった。「ありがとう、ハルバード。五分ぐらいで行きますよ」

「かしこまりました、奥様」

ハルバードは下がり、ルーシーはあきらめた様子で嫁の方を見た。

「今晩ロバートが外で食事をすることはだいたいわかっていたでしょう？　私たちはこれ

以上ないってほどのメロドラマ的状況で食事ができるでしょうよ」とルーシーは低い声で言った。

義母を見るジュディの目は憎悪に燃えていた。「これが、あなたの望んでいらしたことでしたのね？　あなたは私をマイケルと結婚させたくなかった。そして今はエマの人生まで自分の思うようにしようとなさっている」

「結婚してこの家のものになるって決めたのはあなたよ」とルーシーはぴしゃりと言った。もう以前の寛容さはあとかたもなかった。「あなたはロバートを選ばないでマイケルと結婚してしまったわ」

ジュディはぞっとして息がつまり、ルーシーをはねのけて部屋から出ていった。

ジュディは自分の部屋の真ん中に立って、冷静になろうとして波打つ感情と戦っていた。しかしそれはなかなかできないことだった。感情的になっていては目的を達することは何もできないだろう。時間が必要だ。よく考える時間が。新しい環境に慣れる時間が。絶望的な未来に何か救いを見出す時間が。

ジュディの手のひらはじっとりと湿っていて、額には汗が浮かんでいた。ルーシー・ペンバートンと一緒にテーブルにつくことを考えると、とても耐えられなかった。衝動的にドレスのジッパーを引きおろし、冷たいシャワーを浴びようと歩き出したとき、部屋の戸が予告なしに開き、戸口のところでロバートがこちらをにらんでいた。「いったい君は何をするつもりなんだ？　ハルバードが待っているし、僕はパメラのところに行かなくちゃならないってのに」

ロバートのさすような目が自分をじろじろ見ているのに気がついて、ジュディはドレスの両はじを合わせた。「私は何も、とめないわ。お母様にディナーを食べていただいて。私は何も食べないわよ！」

「頼むよ、ジュディ、冷静になってくれ！」ロバートは首がうずくのか首の後ろに両手をあてた。「僕は我慢しようとしてるんだ。君に頼んでいるんだ――ただ言ったり命令したりするんじゃなくて――お願いだから、母と一緒に食事をして、何事もなかったように振る舞ってくれ」

ジュディの長いまつげは涙で光っていた。「冗談でしょう！」ジュディは息がつまった。「わからないのかい？　もし君に受け入れる気がないのなら――」

「慈悲心なの、ロバート？　けっこうよ。絶対そんなこと、受け入れないわ」

「じゃあ、何をどうしようっていうんだい？」ロバートはドアを半ば閉めるようにして部屋の中へ入ってきたが、思い出したようにドアを開けた。

ジュディはしっかりと立っていた。びくびくすることなどないわ。「私――私にはまだわからないわ。エマのためにあなたの意見を受け入れるかもしれない。でもあなたに依存したままになりたくないの」

「いったいどうしたいんだい？」

「仕事に就きたいの。だって家庭教師を雇ってしまったのなら私はつけたしってことになるじゃないの。それでも何もしないでいろっていうの？」

「ただ、マイケルの未亡人として威厳と礼儀正しさをもって振る舞ってほしいんだよ」ロバートはジュディをじっと見た。「マレーシアではどういう日々を送っていたんだい？」

「それは違うわよ。私には家庭があったし、世話をする夫や家族がいたもの」

ジュディは涙をこらえきれずに横を向いた。ファスナーがおりているジュディの背中から青白い肌がのぞいていた。

「君にはまだ家族があるじゃないか。ああ、ジュディ、なぜ君はそんなにやせてしまったんだい？　いつからちゃんとしたものを食べていないの？」

ジュディはドレスをちゃんと着ていないのに気がついて、あわててロバートの方に振り向いた。「向こうへ行ってよ。一人にしてちょうだい。私――私、疲れてるの。横になりたいわ」

「ジュディ――」とロバートが呼びかけたとき、背後で音がした。ロバートの向こうに義母の姿があった。

「ロバート！」と彼の母親は困ったように叫んだ。

「まだこんなところにいたのかい？　もうとっくに行ってしまったのかと思ってたのに。

ジュディが何をしているのかと思って来てみたら——」母親の声はジュディの姿を見てゆっくりとしたものになった。「おやまあ、いったい何が始まるの?」

「何もしちゃいません!」もう立っていることもできないほどだった。「出ていってくださらない、お二人とも? 私、おなかもすいてないし、疲れてるの。一人にしておいて!」

ロバートは部屋を出ていった。

表の戸がバタンと閉まる音を聞いてから、ルーシーはジュディの方に向き直った。「私と一緒には食事をしたくないのね?」

「ええ、そうです」ジュディは言いようもなく疲労を感じていた。「もう、一人にしてってお願いするのはたくさんだわ」

ルーシーは肩をすくめた。「もちろんそうね。でも私が気がつかなかったなんて思わないでね、ジュディ」

「どういうことですの?」

ルーシーは横柄にジュディの体を見下ろした。「はっきり言いましょうか。そんな格好でロバートの気を惹こうとして!」

「ロバートの気を惹こうなんて気はなかったわ。私——私——彼はただここへ来ただけなのよ!」

ルーシーはゆっくり首を振った。「いいえ、私の息子はノックしないで若い女性のベッドルームへ入ったりするような男じゃありません」

「行って！　お願いだから」

ルーシーは少しためらっていたが、短くうなずくと、出ていった。ああ、神様。もう絶望よ。これからどうして耐えていけばいいんでしょう？

3

あくる朝ジュディが目覚めると、エマはもうベッドのはじの方で体をはずませていた。ジュディはようやく起き上がると、寝る前にサイドテーブルの上に置いた腕時計の方へ手を伸ばした。「今、何時なの？　まあ！　もう十時過ぎじゃないの。どうしてもっと早く起こしてくれなかったの？」それから髪をかきあげながら言った。「あの人たちはもう起きてるの？」

「ええ。おばあちゃまと二人で朝ごはんを食べたの。そうしたらロバートおじちゃまが来て、いつも何を着てるのって聞いたの」エマは着替えをすませていた。

ジュディは頭を振った。「ああ、起こしてくれたらよかったのに。みんなどこにいるの？」

「おばあちゃまは着替え中で、ロバートおじちゃまは車を出しにいったわ。私たち、出かけるのよ」

バスルームに行こうとしていたジュディは振り返った。「私、私たちって？」

「ロバートおじちゃまと私よ」エマは満足げに微笑んだ。「新しいお家を見にいくの」

ジュディはじっとエマを見つめていた。「本当におじ様はそうおっしゃったのね?」

「ええ、そうよ」エマはジュディの質問に腹立たしげに答え、ベッドからとびおりた。

「おじちゃまはバッキンガム宮殿も見せてくれるって言ったわ」

ジュディはシャワーを浴びながら、エマが新しい環境に、自然に、そして完全に溶け込んでいるのをとてもうらやましく思い、一方で不安になった。

しばらくしてタオル地のバスローブで体を包んで出てきたジュディは、着替えがすむまで外にいるようにエマに言った。

「いつ出かけるの?」ジュディは感情を抑えて聞いた。

エマは肩をすくめた。「すぐにでも、だと思うんだけど。マミーの支度ができしだいだと思うわ」

「私の?」ジュディはエマの方を振り向いた。「私と何の関係があるの?」

「あら、マミーも行くんでしょう?」エマは不思議そうに聞いた。

ジュディはため息をついた。「おじ様もそうおっしゃったの?」

エマはちょっと首をかしげて考えていた。「えーとおじちゃまは、マミーを起こして、コーヒーを飲むかどうか聞いてきてって言ったわ」

「そう?」ジュディはあきらめたように自分の娘を見つめた。「それでそうしたの?」

「何を?」

「私にコーヒーを飲むかどうか聞いた?」

エマは首をすくめた。「忘れてたわ」

「そうね、コーヒーをいただくわ。先に行ってなさい。着替えたら行くから」

エマは口もとをゆがめた。「おこったの? おこらないわね?」

「もちろんおこっちゃいないわ。はやく行きなさい。着替えなくちゃ」

「よかった」エマはドアの方へスキップしていった。ドアのところで立ちどまり、何かためらっているようだったが、思い切ったように口を開いた。「ねえマミー。マミーはここが好きよね? ロバートおじちゃまやおばあちゃま——みんな好きよね?」

「どうしてそうじゃないと思うの?」ジュディはいらだって大声を出した。「心配しないで行きなさい。大丈夫よ」

ジュディはドレスを体にあててみながら、エマがなぜそんなことを聞いたのかいぶかしく思っていた。でも、それもしようのないことかもしれない。確かにエマは雰囲気を敏感に感じとっているし、昨日、ロバートの車の中ではいろいろなことがあったもの。

ドレスを着終わって自分の姿に満足の笑みを浮かべると、ジュディは意を決してホールを抜け、ラウンジへと歩いていった。

勇気をふるい起こしてラウンジへ入ると、後ろ手にドアを閉めた。エマと祖母は窓際の長椅子に座って絵本を見ていた。ルーシーはエマに絵本を読んでやっていて、ハルバードは部屋のすみの書棚をせわしげにふいていたが、ジュディが入ってくると、かすかに微笑《ほほえ》んだ。その笑顔はジュディの心をなぐさめた。

「おはようございます、若奥様」ハルバードは手を休めて言った。「ダイニングルームに、奥様のためにちょっとしたものを用意してございます」

「ああ――ああ、かまわないで」ジュディがちらりと義母とエマの方をうかがったので二人は顔をあげた。

「おばあちゃまに絵本を読んでもらってるの」とエマは無邪気に言った。

「おはよう、ジュディ。よく眠れて?」ルーシーの声は冷淡だった。

「ええ、とてもよく」ジュディはハルバードの方を見た。「失礼します。コーヒーをいただきたいんですの」

ルーシーはちょっとの間本に注意を戻したが、ふたたびジュディの方を見て気が進まない様子で言った。「午後にでも買物に行かなくちゃね。この子はイギリスの冬にしちゃ、まったくひどい服を着てるわ」

ジュディは肩をすくめた。「エマの洋服はほとんど船便で来るトランクの中に入ってますの――」

「知ってるわ。もう着いていますよ」

「どこにあるんです？」

「もちろん家にありますよ。でもここに運んでくる必要はないわね。だってあなたは長くここにいるつもりはないんでしょう？」

「でも私が持ってきたスーツケースだけではたぶん二日ももたないわ」ルーシーは眉を上げた。「あなたは自分の力ではいいものは買えないわ」ルーシーは肩をすくめた。「私思うんだけど、あなたがマレーシアで着ていたものは、気候の変化はさておいても、特にここでは役に立たないんじゃないかしら。あなたはマイケルの未亡人として……」ルーシーは突然目頭を押さえたが、ジュディはうんざりして背中を向けた。

ジュディはもう何を言うのも耐えられなかった。当然、もう一回の別の騒ぎが起こるはずだ。エマが心配そうにかわるがわる二人の顔を見ていた。今はマイケルのことを議論しているときではないのだ。

その代わり、ジュディはハルバードのあとについて、大きくて明るいダイニングルームへ行った。ダイニングテーブルは長くてよくみがきあげられていて、はじの方にジュディのための食事が用意されていた。コーヒー、温かいロールパン、マーマレードののったトースト、それにコンロの上で温められているスクランブルドエッグ。ハルバードの思いやりにジュディは目頭が痛んだ。

ハルバードの方に向き直ってジュディは言った。「多すぎるわ、悪いけど……」

ハルバードはにっこりした。「奥様は昨日の夜、夕食をおめし上がりになりませんでした。おなかがすいていらっしゃるはずですよ。おなかがいっぱいになれば、気持にゆとりができましょうよ」

実際、ハルバードのつくった朝食はとてもおいしかった。神経質になっているにもかかわらず、スクランブルドエッグを食べ、マーマレードトーストを食べ、ブラックコーヒーを何杯もおかわりすると、ジュディは、世間、そして特にペンバートン家の人たちに立ち向かう勇気がわいてきている自分を感じた。

ジュディが、ハルバードとおしゃべりしていると、ロバートが入ってきた。今朝のロバートは、ダークグリーンのスエードのズボンに、ズボンよりちょっと明るい色合いのシャツ、そして濃い茶色のチョッキを着ていた。とてもたくましく見え、心がかき乱されるようだった。ジュディは心を固くして、ロバートと目が合わないようにしていた。

「さて」ロバートは突然ジュディの話をさえぎった。「用意はいいかい？」

「用意ですって？」ジュディは黒い眉毛をつり上げた。「用意って何の？」

ロバートは意味ありげにハルバードの方を見、ハルバードは丁寧にうなずくと部屋を出ていった。

「エマが今日のことを言わなかったのかい？」ロバートは妙によそよそしかった。

ジュディはため息をついた。「いいえ。あなたとエマが新しい家を見にいくようなことは言ってたけど」

「そうさ」ロバートはジュディをじっと見つめた。

「当然、君だって新しい家を見たいだろう?」

「まあ、それはありがたい思いやりだわね」ジュディは皮肉たっぷりに言った。

「ああ、お願いだ、ジュディ。いつまでもこんなことを続けるわけにはいかないんだよ。いいかい——少なくともエマの前だけでも分別をもって振る舞えないものかね? いつもいつもこんなふうに口論してるなんて、もういやになってきたよ」

「私だって!」ジュディはかっとして言った。

「じゃあ、これからはそうしてくれ」

ジュディは首を振った。「あなたには簡単なことなんでしょうけどね。あなたは何をするときもご自分のやり方を押し通すのよ!」

ロバートは大きくため息をついた。「ああ、やめてくれ、ジュディ!」ロバートはいらいらして髪をかきむしった。「いったいどう言えばいいんだ? 精いっぱい寛大になろうとしているのに——」

「寛大ですって! いったい何に寛大なの?」

「君にだよ!」ロバートはぴしっと言った。「僕が好きこのんでこんなことをしてるとでも思ってるのか!」

「あなたのお母様の望みじゃないの!」

「でも僕の望んだことじゃない! 僕だって君とまた会おうと思ってたわけじゃないんだ」

ジュディはかっとなって熱いものがこみ上げてくるのを感じた。

「ジュディ!」ロバートの声には一種の苦しみがあった。「僕たちはもう昔のようにはなれないんだ。過ぎたことは過ぎたことだ。お互いにそれを受け入れようじゃないか。マイケルは君とエマが僕の責任のもとにおかれることを望んだんだ。それぐらいわかってくれ」

「どうして忘れることができて?」ジュディの声は震えていた。

ロバートはジュディの肩に手を置いた。けれどもジュディはまるでロバートの体が自分の体を燃やすかのようにあとずさった。ロバートは怒って、あごをひきしめ、ぷいとドアを開けてラウンジへ入っていってしまった。ジュディは一人残され、激しく震えていた。かつてロバートの指が体に触れると、いつもジュディの肉体は溶けていくような感情をあじわったものだったのに……。

ジュディはほてった頬に手のひらを押しあてた。どうかしているわ。私はもうセンチな十代の娘なんかじゃない。一人前の女、六年間も結婚生活を送っていた二十六歳の女なんだから。私がいつも自慢していたあの自制心はどこへ行ってしまったのかしら。ロバートは私のことをいったい何だと思っているのかしら。

と、突然ラウンジへつながるドアが開いてエマが現れた。エマはジュディの顔に苦悩の色が見えるのを読みとって、心配顔になった。「マミー、どうしたの？　またダディーのことで泣いてたの？」

エマの言葉を聞いてジュディは落ち着きを取り戻した。「泣いてたんじゃないの。ちょっと――目にごみが入ったの、それだけ」

エマはちょっと眉をひそめたが、ジュディの説明に納得したようだった。「ママを待っているのよ。行くんでしょう？」

ジュディは、エマがラトゥーンから持ってきた赤いアノラックを着ているのに気がついた。うなずいてエマの後ろからラウンジへ戻ってみると、ロバートが母親と何やら話をしていた。ロバートは羊の皮のジャケットを着ていて、外出の準備をしていないジュディにいらだちのまなざしを向けた。

ジュディはちゅうちょしていた。その家とやらを見たい気持がないわけではなかった。でもロバートと一緒にいると心をかき乱される、といってルーシー・ペンバートンと一緒にいれば、もっと事態は悪化するだろう。

「ご一緒しますわ」ジュディは完璧な自制心をロバートに示そうと、何気なさを装って言った。「もっと早く起こしてくださっていたら、こんなに長くお待たせしなかったのに」

ロバートは安心したようだった。「よかった。じゃあ、コートを着て。天気はいいんだが、ひどく寒そうだ」

「そうね」ジュディは足どりも軽く部屋をあとにした。

そのときジュディの持っていたコートはあのクロテンの皮のコートだけで、それはジュディの唯一のぜいたく品だった。マレーシアではそんなコートを買うのは変に思われたが、昨日飛行機を降りたとき、これを持ってきたことを神に感謝したものだった。

ジュディがラウンジに戻ると、ロバートは葉巻の吸いさしを押しつぶして、急いで表のドアの方へ歩いていき、エマも興奮してあとについていった。露骨に不機嫌を顔に表して、ルーシーが舌打ちした。

「それでいつごろ戻ってくるの？　もう十一時近くよ！　あなたは買物に行きたいって言ったんじゃなかったかしら」

ジュディはびっくりした。買物に行こうと言ったのは自分の方じゃないの！「また別の日にでも行けますわ」と答えて、ロバートの反応をうかがうように伏目がちに彼を見た。

「そうよね」と言いながらもルーシーは納得できぬように首を振り、ジュディはまた昨日の晩のあのあてこすりを思い出してしまった。

ロバートは二人のやりとりをいらいらして聞いていたが、とうとう堪忍袋の緒を切った。

「行くのか、行かないのか？」

ジュディは唇をかみしめ、肩をちょっと動かして、ロバートの方へ歩いていった。「まいります」

ジュディはエマを後ろの座席によじ登らせて、自分はアストン・マーチンの前の座席へ乗り込んだ。そのときジュディは、自分が不思議なほど安心感を覚えているのを感じた。今度二人きりになったときルーシーが何を言うかなどと取越苦労するのもやめてしまった。私はただの女よ。でも義母に負けないように頑張ることはできるはずだわ。

ロバートはジュディのとなりへすべりこんでドアを閉めると、力強くエンジンをスタートさせた。冷たい風が入ってきて、シェービングクリームや石けんとともにロバートの体から発散される清潔で暖かい男のにおいがした。

ジュディはロバートを強く意識している自分に気づいて、その思いを振り払おうとした。最近ロバートの仕事は順調なのかしら？　ああ、でももうすぐロバートは結婚するのだわ。だめ！　こんなことを考えちゃ。けれども今、ロバートが自分の横に座っている――それも手を伸ばせば肌に触れるほど近くに座っているという事実を考えないでいるのはほとんどできそうもないことだった。ロバートにぴったりだってルーシーが考えている女性は、いったいどんな人なのだろう？　美人かしら？　知り合ってからどれくらいたつのだろうか？　昨日の夜、ロバートと二人っきりでいた時間は遅かったのかしら？

ジュディはそんな考えにとらわれていて、車がどこを走っているのか全くわからなかったが、エマが「今、どこらへん?」と聞いたのに我に返って、ロバートがロンドン市内を回ってくれているのに気づいた。きょろきょろしていると、オックスフォード通りの店が目に入った。「わくわくするじゃない、マミー? セントジェームズ公園の散歩道を通ってバッキンガム宮殿まで行くんですって!」

ジュディは笑顔をつくろうとした。「あなたが女王様にお会いしたいと思わない限り、女王様はあなたが来てるってことをご存じないのよ、おちびちゃん」

エマはそれを聞いてくっくっと笑った。

宮殿を通り過ぎ、英国議事堂を過ぎたとき、車のスピードがあがったので、ジュディは義弟の方を不審げにちらと見た。

「どこへ向かっているのか聞いてもいい?」

「もちろんさ。ダートフォード通りに行くんだ。ソープ・ハルムへ行く途中なのさ」

「ソープ・ハルム?」ジュディは眉をひそめた。「そんな名前、聞いたことないわ」

「そうだろうね。あまり有名なところじゃないから。ただの村さ」

「それで――そこに家があるのね?」

「その通り」

「そうなの」ジュディは窓の外へ目を向けた。「どうしてソープ・ハルムを選んだの?」

ロバートはためらっていたが、指はしっかりとハンドルを握っていた。「パメラと結婚したら、僕たちはファーンボローに住もうと思うんだ。パメラの両親がオーピントンに住んでいるんで、彼女があまり離れたところに住みたくないって言うもんだから。ソープ・ハルムはファーンボローから十マイルほどしか離れていないんだよ」

ジュディはロバートの言っていることがだんだんわかってきた。ロバートが結婚しても、たった十マイルしか離れていないところに住むことになるんだわ。耐えられない思いだった。ジュディの心に唐突にラトゥーンのバンガローの静かな落ち着いた生活が浮かび、懐旧の思いがつのった。

道はすいてきて、ロバートはゆっくり走っているトラックの群れをうまく追い越した。ジュディは何か言わなければ、と思い、「最近、どうなさってるの?」と聞いた。「もちろんまだ会社のために働いているさ。人生の快楽にふけって働かないシュバリス人になるのはごめんだよ。まあ、結婚したら事情は変わってくるだろうがね」

ジュディは唇をぎゅっとひきしめた。「まあ! あなたは変わったわ!」

ロバートは仏頂面でジュディを見た。「子供の前では議論しないって約束したじゃないか!」

「議論なんかしちゃいないわ」と逆らってみたものの、まさにそうであることに気づいた。「じゃあ、どっちみち私の意見を言うことはできないわね。全部議論になっちゃうもの。あなたのお気に召さないでしょうからね!」

ロバートはあからさまに不快な顔を見せていたが、もう何も言わなかった。口を開けば、ジュディが二人の間にまた別の亀裂を生み出して、怒り出すに決まっているのだ。なぜジュディはあるがままの状況を受け入れることができないのだろう？

ジュディはエマの方を見た。エマは後ろからジュディの首に腕を回し、ジュディを抱きしめた。ジュディは自分が哀れになって涙が出そうになり、あわてて目をしばたたいた。私は自分で自分の道を選んできた。ロバートの助けがもっとも必要なときに助けを求めるという屈辱を避けて頑張ってきた。なのに今となって、ロバートが何もわかっていないとロバートをなじることができるだろうか？　でもロバートにも責任はある……。

車は幹線道路をはずれて、曲がりくねった田舎道へ入っていった。ソープ・ハルムまではまだいくらか距離があった。憂うつな心をかかえたジュディでさえ、美しいところだなと感じ、エマは、草原の中の池で満足げに泳いでいるアヒルを興奮して指さしていた。ボート小屋、酒場、学校、教会などが窓外を通り過ぎていった。

ロバートはエマのためにいろいろなところを見せてくれた。村はずれに入ると、ロバートは二重の鉄の門のある道の方へハンドルをきった。門は開いていて、車を進めると、イボタの生垣の間に一軒の家が見え隠れしていた。前庭には職人のトラックが止まっていて、ジュディはこの家にとても心を惹かれた。

この家はジョージ王朝時代の家で、今買えばとても高価なものだろう。弓形のフランス窓がその壮麗な屋敷をひき立てていた――もっとも白いペンキ塗装は興ざめだったが。

ロバートはトラックの横に車を止めて、ジュディの方を見た。「どうだい？」

ジュディはじっと家を見ていたが、なかなか精神を集中することができなかった。首を振り、車のドアを押しあけ、凍ったような空気の中へ足を踏み出すと、クロテンのコートを抱きしめたまま放心して立っていた。

「これが私たちのお家なの？　すごい《スーパー》じゃない？」とエマが言う声でジュディはやっと我に返った。エマは答えを待たずに走っていき、気がつくとロバートが横に立っていた。

「すばらしいわ。どうやって見つけたの？」ジュディは肩をすくめた。

「三カ月前、マイケルが死んだころ売りに出てたのさ。気に入ったから買っといたんだ」

「でも、私と一緒に、という気持はなかったのね」ジュディはちょっとロバートを挑発してみた。

ロバートは大股に歩いていって肩ごしに振り返った。「それがどうしたっていうんだい？」と言いざまドアを押しあけて中へ入っていった。

ジュディはゆっくりとあとにしたがった。これが私の家になるんだわ、たぶんこれからずっと……。そのことをこの目で確かめて納得したかった。でもそれは甘い考えなのだ。エマが大きくなってこの家を出ていくとき、私も出ていくことになるわ。お金の余裕があればいつでもアパートを借りることができるだろうけど。再婚ということが頭に浮かばないのもおかしなことなのだが……。

ロバートとエマはホールにいた。そこらじゅう新しいペンキと壁紙のにおいがしていた。そして驚いたことにセントラルヒーティングが働いていた。

ロバートがオーバーオールの男たちにいろいろとこれから手を入れる場所の指図をするのをジュディはじっと聞いていた。職人たちが行ってしまうと、ロバートはジュディの方へ振り向いた。「もうすぐ終わりなんだよ。もちろん家具はまだなんだけど、見たかったら見て回るといい」

「ええ」だがジュディはちょっとためらっていた。「ああ――あの、ロバート?」

「なに?」ロバートはあまり気が進まないように答えた。

「ありがとう」

ロバートの目は細くなった。「君が、ありがとうって言ってくれるのかい?」あざけるような言い方にジュディは思わず目をそむけた。「あなた、私たちは議論すべきじゃないって言ったじゃないの!」

「わかった。もういいよ。悪かった。どうも僕たちはちゃんとした会話ができないようだね」

ジュディはゆっくりと玄関のドアから右の部屋へ入っていった。ロバートはジュディのあとを追ってきた。「ここは君の部屋だよ。色のとり合わせは君の気に入らないだろうが、時間がなかったんだ。あとで好きなようにやるといいさ」

「家具もあなたが選んでくださったの？」

ロバートはためらいがちに言った。「いや、実はパメラが選んでくれたんだ」

「そう、パメラの趣味なの。それで何と何を選んでくれたの？」

「とりあえず必要なものだけさ。絵とかそんなものは君があとで選べばいい」

「そうね」ジュディは窓辺まで歩いていって、家の前を眺めまわした。「とりあえず必要なものって？」

「いや、じゅうたんとかそういったものだよ。ここのじゅうたんはグレーとブルーがいいと思うんだけど……。壁紙と合うからね」

「それはどうもありがとう」ジュディはその部屋を出て、ホールを横切って反対側の部屋に入っていった。「この部屋は客室にしましょう」

「きっと君の気に入るよ」

家の裏庭はとても広く、果物の木や、芝生があり、庭師が手入れをしていた。

そのとき、二階へ上がっていく足音が聞こえた。エマが探検しているんだわ。ジュディはまたホールへ続くドアを開けた。

「モーニングルームにするかブレックファーストルームにするかは君の好きなようにすればいい。それに広いキッチン、離れ家もある」ロバートは言い続けていたが、ジュディの物問いたげな目に気づいて言った。「二階へ行ってみるかい？」

ジュディの唇はぴくぴく動いた。二人の間の緊張は、ジュディがもし笑わなかったら反対にわっと泣き出してしまうだろうと感じるほどだった。

ロバートはジュディの笑い顔を見て、眉をひそめた。「何がおかしい？」

ジュディは首を振った。「いえ、何でもないの」

ロバートは階段を昇っていった。「一人でいたいのなら、一人でいるがいい」ジュディが笑っている理由に気づいたということをそれとなく知らせるように冷静に言った。

ジュディはロバートを見上げてため息をついた。「ごめんなさい、ロバート。時間をちょうだい。私——そう、とにかく全部がとても——考えていたことと、とても違うわ」

ロバートはじっとジュディを見下ろしていた。「僕がそのことに気がつかないとでも思っているのか？」

ジュディは不安に駆られて、震えていた。それから、何も言わずに後ろを向いて、エマ——唯一のジュディの救いと希望——を探しに階段を昇っていった。

4

ジュディたちが家を出たのは二時過ぎだった。エマは見るものすべてに興味を示し、ロバートをガイドに指名して、質問の雨を降らせた。ジュディは自分がよけい者のような気がして、苦さと甘さの入り混じった複雑な気持で二人のあとにしたがった。

二階の部屋でマレーシアから送ったトランクを見つけると、エマはジュディに開けてくれとせがんだ。「でもね、おちびちゃん。出しても置くところがないわ」とジュディは言ったが、思い直してロバートの方を見た。「どのくらい——いったいどのくらい、あなたのところにいることになるのかしら？」

ロバートはケースから葉巻を一本取り出して口にくわえた。「この家もあと一週間ぐらいで完成するんだ。だから十日たてば越してこられるさ」

「十日！」ジュディはおうむ返しに叫んだ。「それじゃあ、いくらか持っていかなくちゃ。エマだって私だって、毎日毎日同じものばかり着ているわけにはいかないもの」

ロバートはトランクの横に腰をおろし、南京錠を調べた。「君は服を新調しなくちゃいかんな」

「私が?　なぜ?」

「母はこの町の主な店全部のクレジット・カードを持っているんだ。君は欲しいといったものは何でも手に入れることができるさ」

「けっこうよ」ジュディはトランクの底の方をごそごそやっていた。「ああ、あれはどこにあるの?」

「いいかい、君はマイケルの未亡人なんだ。必要なものはどんなものでも手に入れる権利があるんだ」

ジュディはロバートの言葉を聞いて神経質になった感情をおし隠し、バッグから鍵束を取り出した。ロバートは無言で鍵を受け取ると、一番近くにあるトランクの鍵をあけ、重いふたを持ち上げた。

エマは興奮してとび回っていて、ロバートが止めなかったら、トランクが開くやいなやトランクの中をひっかきまわしてしまうところだった。新聞紙にくるまれた包みが木綿のシーツとベッドカバーの間でゆったり落ち着いていて、せとものやガラス製品の入った箱の頭のほうがちょっと見えていた。

ジュディは気持を落ち着けようとしたが、とっさに言葉が出てこなくて首を振った。

「私……あの――これは違うわ。私たち――私たちの洋服は別のトランクだわ」

ロバートはトランクのふたを閉め、ひもをかけ、南京錠をかけると錠をポケットの中へ入れてしまった。ジュディは驚いてロバートをじっと見つめていた。

「行くんだ。もうおしまいにしよう」

「でも、洋服が……」

ロバートはドアの方へ歩いていった。「あとでいい」

ジュディは靴の先でトランクを思い切りけった。「出さなきゃいけないものがあるのよ」

「その必要はない」ロバートはにべもなくはねつけた。「さあ行こう。もう遅い。腹ぺこだよ」

ジュディはちゅうちょしていたが、やがて黙ってしたがった。

ふたたび車に戻ると、ロバートは言った。「ブラック・ブルでお昼を食べよう。とてもうまいステーキを食べさせる店さ。きっと君の気に入るよ」

ジュディは肩をすくめて車に乗り込んだ。

ブラック・ブルは、新しい家へ行く途中で見たパブの一つだった。わりと流行《はや》っているらしく、前庭や反対側の緑地帯に七、八台の車が駐車してあった。

三人が着くと給仕長《チーフ》が出てきて、「二時十五分前でもう昼食はおしまいにしようかと思っていたんですよ」とけんか腰に言った。

ジュディはため息をついたが、ロバートは全く動じていないようだった。「予約してあるんだが」ロバートは穏やかに言った。「ペンバートンだ」

四十五分も遅れているのに、この名前があんなにチーフの態度を変えさせたなんて驚きだわ。ストロベリーと新鮮なクリームの微妙な舌ざわりを楽しみながらジュディは思った。他のお客様は皆帰ってしまったし、コックたちもしきりに帰りたがっているんじゃないかしら。しかし、ステーキはすばらしく、サラダはまったく新鮮で、ほかほかのジャガイモは非常に食欲をそそった。エマは出されるもの全部を平らげて、満ちたりた顔でロバートとおしゃべりしていた。

「どう？　おいしかった？」突然ロバートはジュディの方を向いて言った。

「すばらしかったわ！」ジュディはグラスのワインをあけ、椅子の背にもたれると、満足して言った。

「コーヒーにする？」

ジュディは首を振った。「もう、行かなくちゃならないんじゃない？　ねえ——あの人たち、私たちが出ていくのを待ってるわ」

ロバートは頬をゆるめた。「それでやつらの仕事が終わるってわけじゃないだろう？」

「何でもお金で買えるって思ってらっしゃるの？」

「僕は君を買った。そうだろう？」ロバートが激しい調子で言った。

ジュディは目を上げた。「どういうこと？」

ロバートはジュディに強い皮肉のまなざしを向けた。「もしマイケルが無一文の船乗りだったら、君は彼と結婚していたかね？」

ジュディはぞっとして、すばやくエマの方を見たが、エマはコーラを飲むのに一生懸命で、二人の会話に気がつかないようだった。

ロバートは急に立ち上がった。「ああ、もうやめてくれ、ジュディ。君はマイケルに興味なんてなかった。僕がベネズエラにたつずっと前に君が僕を見捨ててマイケルと結婚する気があったのなら、そのチャンスはいくらでもあったんだぜ！　君が結婚したかったのはこの僕だったんだ！　だからそのことを否定しないでくれ！」ロバートの顔は蒼白になり、荒々しく背を向けると、給仕長を探しにいった。ジュディはロバートの詰問に気分が悪くなった。

ロンドンへの車中は全く静かだった。エマでさえ疲れ切っていた。考えてみれば、ここに着いたのは昨日のことだった。それも遠い海の向こうのマレーシアから。あれこれ思いをめぐらせているうちに、ジュディは深い眠りにひきこまれていった。

ロバートがアパートの横に車を止めたときも、ジュディはまだ眠りこけていた。目を覚ますともう四時で、あたりはすっかり暗くなっていた。

エマは部屋へ戻るまでにすっかり生気を取り戻していた。そして、トランクのことや、ブラック・ブルでの遅い昼食のことなど、今日起こったすべてのことを、ルーシーに話してきかせていた。

ロバートはすぐに姿を消してしまい、ルーシーはエマの話に熱心に耳を傾けていた。ジュディはしばらく自分の部屋で一人きりになりたかった。ここ数時間というもの、あまりに多くのことがありすぎた。ジュディには考える時間が必要だった。

けれどもルーシーはジュディが出ていきかけるのを見て言った。「行ってはだめよ、ジュディ。コートはハルバードが持っていくわ。あの家をどう思ったか聞かせてちょうだい」

ジュディはいやいやコートを椅子の上にほうりだして、二人が座っている長椅子の近くに肘掛椅子を持ってきた。「とてもすてきなお家でしたわ。もうごらんになりまして?」

「ええ、もちろん」ルーシーはうなずいた。

「パメラのご両親に会いにいく途中にパメラが連れていってくれたの」

「そうですの」

「あのお家はパメラが見つけてくれたのよ。実は、あの家はパメラのご両親のお友だちの家だったの。だけど外国へ行っておしまいになって——ここの気候に耐えられなくなって、わかるわね——それで、あのお家を売りに出したってわけ」

ルーシーの言葉はジュディののどにひっかかった。あの家はそういう家だったのか。

「パメラってだあれ?」エマが聞いた。「私のおばちゃまなの?」

ルーシーはエマの方に向き直って微笑みかけた。

「もうじきそうなるのよ、おちびちゃん。ロバートおじ様と結婚する人なの」

「まあ！」エマは大きな口を開けた。「すてきな人？」

「ええ、とってもすてきよ。明日になれば会えるわ」

「明日？　私が？　なぜ？」エマはちっちゃなあごを手で支えて、興味津々《しんしん》といった風情だった。

ルーシーは嫁の方をちらと見た。「パメラとご両親を明日の晩、夕食に招待したの。ジュディ、あなたに会っていただこうと思ってね」

「ご両親が？」ロバートのフィアンセに会うのはあまりうれしいことではなかった。

「そうよ。あなたが新しいお家に落ち着くのに二、三日かかると思ってね。それからあなたを私のお友だちに紹介するつもりだったから。土曜の夜なんて最適じゃなくて？」

「お母様がそうおっしゃるのなら」

ルーシーはエマの方を向いて言った。「ねえ、エマ、新しいお家の庭にブランコがあったでしょう？　パメラが小さいころ、よくあのブランコで遊んだって言ってたわ」

「ううん、見なかったわ。お庭には行かなかったの」それからジュディの方を向いて言った。「どうしてお庭に行かなかったの、マミー？」

「時間がなかったのよ」ジュディは肩をすくめた。

「そんなばかな！　時間は十分あったはずよ。それに、洋服をなぜ持って帰らなかったの？」とルーシーは鼻であしらった。

ジュディは立ち上がった。「日が落ちるのが早いんですのね」

「冬が近づいているのよ」ルーシーはぶっきらぼうに言った。「前の生活とは違うってことがわかるでしょう？」

そのときハルバードが入ってきて、「お茶をお持ちいたしましょうか、奥様？」とルーシーの方を見て言った。

ルーシーはちょっと考えていた。「ああ、そう――そうね。そうしてちょうだい」

「私はけっこうよ」とジュディは言ってからあわててルーシーの方を見て言った。「私――あの――お風呂に入りますから」

「かしこまりました、若奥様」

「ロバートはどこ？」ルーシーが聞いた。

「お出かけでございます、奥様」

「出かけた？　でも、ロバートはたった今帰ったばかりじゃないの。それで、どこへ行くって言っていた？」

「オフィスに行く、すぐ戻るつもりだ、とおっしゃっていました」

「わかったわ」ルーシーは鼻をふくらませた。

「おばあちゃま、テレビを見てもいい？」エマはそこらじゅうのものを何でも手にとっては部屋じゅうを歩き回っていた。

「いいわよ」ルーシーはしぶしぶ許可した。「つけてちょうだい、ハルバード」

「かしこまりました」ハルバードがテレビのスイッチを入れると、すぐにカラー画面が現れた。

「すごいわ《スーパー》！」エマはいつでもそう叫ぶ。〝すごい《スーパー》〟というのは今、エマのお気に入りの言葉なのだ。

ジュディはひとりうなずいてドアの方へ歩いていった。

「お部屋のほうにお茶をお持ちいたしましょうか、若奥様」

ジュディは少し考えて言った。「けっこうよ。そんな面倒をかけるわけにはいかないわ」

「そんなこと何でもございませんよ」

ルーシーは当てつけがましくうんざりしたようにため息をついた。「若奥様がお茶を飲むときは、ここで、私と一緒に飲みますよ、ハルバード」

「はい、全く。そうでございました。わかりましてございます、奥様」ハルバードは丁寧に頭を下げて、ジュディの方へ悲しげな視線を送り、引き下がった。

「ジュディ、召使いの前で私を困らせるようなことはしないでいただきたいわね！」

「すみませんでした」

「本当にそう思っているの？　まあ、どっちにしろ私たちは少なくとも二、三日は一緒に暮らさなくちゃならないわ。あまりけんか腰にならないようにお願いしたいものね」

ジュディは額をドアの冷たい鏡板におしつけた。

「よくわかりました。努力してみますわ」

「あなた、今夜の夕食にいらっしゃる？」

「もちろんですわ」ジュディはうなずいた。

「そう、それはよかった」

それは彼女にとって一歩後退を意味するものだった。ジュディは自分自身に腹を立てた。が、注意深くきちんとドアを閉めて、自分の部屋へ向かった。そしてベッドに身を投げ出して、思い切り泣いた。


翌日の午後までジュディは、ロバートの姿を見かけなかった。

ロバートは前の晩の夕食に姿を見せなかったが、ルーシーは、パメラと一緒に友だちの家でのパーティーに出席しているのだと、とてもうれしそうに話してきかせた。ロバートはジュディが風呂に入っている間にオフィスから帰り、風呂をつかい、着替えて、またすぐに出かけていったようだ。エマは七時にはベッドへ入っていた。したがってジュディは義母と差し向かいで食事をするはめになった。食事は、静かで、あまりいい雰囲気とはいえなかった。

食後、ラウンジで椅子にゆったりと腰をおろしたルーシーは言った。「あなたが私たちの生活になじむのは、たぶんとてもむずかしいことだと思うわ。結局、あなたは私たちの生活方法に慣れていないのよ、ねえ、ジュディ」

ジュディはテレビに夢中になっているふりをしていた。「何かおっしゃいまして?」本当はルーシーが言ったことは全部聞こえていたのだが……。

「あなたが私たちの生活に慣れるのはなかなかむずかしいんじゃないかって言ったのよ」

ルーシーは固い表情で言った。「マレーシアの辺境での生活はここロンドンの上流社会とは比べものにならないと思うわ」

「そうですわね。比べものになりませんわね」

「それに、マイケルはすぐにあなたを連れていってしまって、あなたには私たちの生活に慣れる機会が全然なかったし。ああ、マイケルはあんなところで決して満ちたりていたとは思えないわ。あの子はここの生活をエンジョイしていたんだもの」

「マイケルは私と会うまでずっと海軍に入ってましたわ」ジュディは鋭く言い返した。

ルーシーは肩をすくめた。「そうよ。あの子はいつも船に乗ってあちこち行くのが好きだったのよ。子供のころからずっと。でも海外任務を受けて――ああ、永久の任務――」

「でもそれはマイケルの意思でした」ジュディは義母の挑発にのるまいと必死だった。

「そうね。そうかもしれない。でも私が言ってるのは……いい？　ジュディ、要するにあなたは私たちの生活を何も知っちゃいないっていうことよ。あなたはお客様のもてなし方や——ディナー・パーティーのホステス役なんか全然知らないじゃないの！　あなたには自分の人生のプログラムを組み立てることさえできないと思うわ」

「できないでしょうね。孤児院ではそんなこと教えちゃくれませんもの」

「ねえ、ジュディ、もうけんかするのはやめましょう。ただあなたといろいろお話したいだけなのよ」

「けんかしてるわけじゃないわ」とジュディは言い返して、大きく息をついた。「お母様にとって信じられないことかもしれませんけど、マイケルと私は幸せだったんです——とっても幸せでしたわ！」

ルーシーの目はいぶかしげに細くなった。「あなたたちが？」

「ええ、私たちです。お母様が何とおっしゃろうとも、マイケルはお母様——お母様のロンドンのことをなつかしんだりしてはいませんでしたわ。マイケルは船に乗っているのが好きだったんです。それはお母様のおっしゃる通りですわ。私たちは船を持っていました、小さなものでしたけど。週末はいつもその船で過ごしたんです。泳いだり、日光浴したり。友人を招いたりもしました。とても楽しい日々でした」

ルーシーは口もとをゆがめて言った。「あなたがマイケルを説得してあんな任務命令に従わせたりしなかったら、あの子は死んだりしなかったろうに」

ジュディの顔は青ざめた。「そんなのうそだわ！」

「どうしてあなたにわかるの？」ルーシーはあからさまな敵意をむき出しにしていた。

ジュディは唇をかんでちゅうちょしていた。この女とマイケルのあの病気のことで話をする気は全くなかった。たとえこの人がマイケルの母親であろうとも。しかし、やはり話さないわけにはいかないだろう。ため息をついて、ジュディは語り始めた。「マイケルが海外任務の命令を承諾したのは、お医者様からあまり激しい仕事をしないように言われたからなんです」

「何ですって？　うそ！」

「本当なんです。私も知らなかったんです。あの――あの二度目の発病まで、私だって全然知らなかった……あとでお医者様が話してくださったんです」ジュディはソファの背に身を投げ出し、深くもたれかかった。「マイケルは自分の体の状態を深刻に受けとめてはいなかったんです」

ルーシーはジュディをじっと見つめていた。なぜかジュディはルーシーがひどく哀れに思えてならなかった。「うそです――あなたはうそを言っているんだわ。マイケル――あの子は私に何でも話してくれたもの。だって、私はマイケルのたった一人の母親なのよ！」

ジュディは肩をすくめた。「お母様は私ほどマイケルのことをご存じないんですわ」

「二十八年間もマイケルと一緒に暮らしたのよ」ルーシーは軽蔑したように言った。「あなたの四倍か五倍もよ！」

「でも私のほうがよく知ってるんです。信じてください。お母様を傷つけようとして言ってるんじゃありませんわ」

ルーシーはソファから立ち上がった。「もうロバートにそのことを話したの？」

「いいえ、誰にも話したことはありません」

「じゃあそうしないほうがいいと思うわ」ルーシーはいらいらして動き回りながら言った。

「みんな、マイケルの死は誰にでも起こる予期できない悲劇の一つだって思ってるわ」ルーシーの言葉はジュディをちくちく刺すようだった。

「そうでしたわね！」

ルーシーは妥協するそぶりを見せた。「もうすべては過去のことよ、そうでしょう？もうマイケルはかえっちゃこないわ」ルーシーは口をひきしめた。「ありがたいことに、私にはまだロバートやエマがいるわ」

ジュディは立ち上がった。「それで、ロバートはいつ結婚なさるんですの？」

「どういう意味？」

「なんでもありませんわ」

「結婚がロバートを変えるとでも言うの？」ルーシーは皮肉をこめて言った。「ロバートはマイケルとは違うわ！　あの子は決して私を傷つけるようなことはしない。ロバートが結婚する女性は親戚の人なのよ。パメラは誰かさんのように自分勝手な人じゃないわ。私たち、とても仲の良い友だちなの」

ジュディは大きくため息をついた。言いたいことはたくさんあった。でも、関係のない人について残酷なことを言うのは不愉快だが簡単なことだ。今は何も言わないほうがいい。ジュディは飾り棚の方へ歩いていった。「もう一杯シェリーはいかが？」

「けっこうよ！」ルーシーはジュディがジン・トニックのお代わりをするのをじっと見ていた。「もう三杯目よ、ジュディ」

ジュディはゆっくりとグラスを口へもっていった。

「そうですわ。気になります？」

ルーシーは横柄に肩をすくめた。

「ロバートにはこれを買うぐらいのお金がありますわ」ジュディはきつい笑顔を返した。

「お金のことを言ってるんじゃないわ。あなた、アル中になりたいの？」

「さて、と」ジュディは残りを飲みほし、慎重にグラスを置いた。腕にしている男物の時計をちらと見て、挑戦的に言った。「九時半ですわね。寝るのに何か異存がありまして？」

「どういたしまして。私たちにはほとんど共通点がないようね」

ジュディはこぶしを固く握りしめて、ふたたび引き戻されるのを拒むようにドアの方へ歩いていった。はやく逃げ出したかった。ルーシーはてこでも動かないと固く心に決めているように見えた。

次の日の午後、ルーシーはエマを公園へ連れていった。十一月にしては珍しい、すばらしく晴れた日だった。木々におりた霜は太陽光線でダイヤモンドのように輝き、空気はワインのように新鮮で澄みわたっていた。

エマはジュディに一緒に行こうと言ったが、ジュディは断わった。ルーシーがエマと二人だけでいたいだろうと思って気をきかしたのだ。何といっても結局、ルーシーはエマの祖母なのだから。

ロバートも外出していた。昼食まで帰らないということだった。しばらくは一人で孤独を楽しむことができるというものだ。ジュディはラウンジのソファに座って、つかの間の自由を楽しんでいた。と、玄関のベルが鳴りひびいた。

「私が出ます、若奥様」ハルバードがいつもの丁寧さで言った。

表のドアが開くと同時に大きな叫び声が聞こえた。ハルバードはかかえきれないほどの箱をかかえてラウンジへ入ってきた。

「おやまあ!」ジュディの顔はほころんだ。「いったい何事なの?」

ハルバードは荷物をかかえたままちょっとためらっていた。「若奥様宛でございます。

どこへ置きましょう？　お部屋がよろしゅうございましょうか」

「私にですって？」信じられないといった表情でジュディは繰り返した。「で——でも、私、何も注文しなくてよ」

「しかし、配達人はそう申しておりましたが」

「その——確かに、ロバートのお母様のじゃなくて、つまり……私の……？」

「はい、若奥様。ジュディ・ペンバートン様、と配達人がちゃんと申しておりました」

ジュディは立ち上がった。「じゃあ、ここに置いといて、ハルバード。開けてみようかしら？」

「ええ、どうぞ。それとも私が開けてさしあげましょうか？」ハルバードはジュディの同意を求めてにっこり微笑み、ジュディは許可した。

ハルバードが箱をソファの上に置いたとき、箱の上に書いてある名前が目に入った。ジュディの顔がこわばった。ロンドンでもっとも有名なデザイナーの名前だった。突然、ジュディにはこの箱の中身がわかった。そうだったのか！

「ありがとう、自分でやるわ」ジュディは緊張した声で唐突に言った。ハルバードが妙な顔をしてジュディを見ていた。

ハルバードは明らかに気が進まない様子でキッチンへ戻っていた。ジュディは大きくため息をつき、いらいらして小包の山を見つめて立っていた。いったい誰がこんなものを？

ロバート？　それとも見も知らぬパメラ？　誰でもいいけど、こんなもの送り返してやる。ペンバートン一族からもらうものは何もないわ！

しかしながら、その小包の山はジュディの好奇心をそそった。私のことなど何も知らないあの人たちがどんな服を選んだのだろう？

ジュディは誘惑に負けまいと心に決めて、荷物に背を向けるように肘掛椅子に腰をおろし、読みもしない新聞を広げていた。そのとき、玄関のベルが鳴った。突然、無造作にソファの上にほうっておいた箱の一つがひとりでに、大きな音をたてて床に落ちた。

箱は床にころがって、半分あいてしまった。中身はあんず色のじゅうたんの上に散らかった。紫や青や緑など何色もの色が混ざりあい、銀色の糸で縫ってある、わくわくするような洋服が飛び出た。

いらだちの叫びをあげて、ジュディは箱の中身を集めた。そのやわらかい服はジュディのむき出しの腕にまつわりつき、ジュディは衝動的に振り払った。それは長いカフタンで、ゆったりとした袖と、深く切れこんだネックラインにスタンドカラーがついていた。体にあててみるとサイズまでぴったりで、また神経を逆なでされるような思いだった。箱の中へその洋服を押しこむと、むっつりして唇をかんだ。

さっき心に決めたばかりの約束を破ってほかの箱を開けようかどうしようか悩んでいると、ロバートが帰ってきた。ロバートはジュディが一人でいるのに驚いて、部屋を見回したが、小包の山に目がとまると、困ったような顔をしてそれを無視した。「みんな、どこ?」

「公園」ジュディはため息をついた。

「そうか」ロバートは肘掛椅子に身を投げ出して、人をいらだたせるような奇妙な冷静さで葉巻に火をつけた。とうとうジュディは耐えきれなくなった。

「ねえ、どうしてこんなことするの?」

ロバートは鈍感さを装って、そらとぼけた。「何のことだい? ジュディ」

「どうしてこんなものを買ったりしたの!」

「僕が送ったっていうのか?」

「そうよ、だってあなたでしょう?」

「僕だとしたらどうだっていうんだい?」

「ああ、もうやめて!」ジュディはこぶしを握りしめた。「あなたから何ももらいたくないって、私——私、あなたに言ったわ!」

ロバートは眉をつり上げた。「ご期待にそむいて悪いけどね。僕には関係ないよ」

「あなたじゃない? じゃあ誰が——? お母様ってことはないし」

ロバートは肩をすくめた。「どうして母じゃないっていうんだい?」

「だってお母様は——お母様はこんなことなさるはずはないわ」ジュディは理由を探した。

「またまたご期待にそむいて悪いんだが、その、お母様なんだよ」ロバートはジュディをじろじろ見た。「母は君の持ってる衣装が——そう——適当じゃないって思ったんだ」

「ひどいわ！　着るものまでどうしてお母様に指図されなくちゃならないの？」ジュディは顔をゆがめた。「ああ、もちろんそうだったんだわ。なぜもっと早く気がつかなかったのかしら？　今晩はあなたのディナー・パーティーなんでしょう？　私がお母様に恥をかかせるって思ったのね？　なんてひどい人なの！」

ロバートの表情は固くなった。「落ち着けよ、ジュディ！　やんちゃな子供みたいなことをするな！　母が君のために洋服を買ってくれたのなら、少しは感謝したらどうなんだい？」

「なぜ？　なぜ感謝しなくちゃいけないの？　私、頼んだりしないのに」

ロバートは軽蔑するように立ち上がった。「ああ、むかむかする！」

「あなたの倍以上、こっちだってむかむかするわ！」ジュディは子供のように言い返した。

ジュディは少なくとも外見上は内心の動揺を隠そうとしていたが、ロバートと面と向かっているとその決心もぐらつきそうだった。「私の持っているドレスがあなたの——あなたのお友だちにふさわしくないものなら、私、部屋に残るわ」

「そんなことはさせない」

「どうして？」ジュディは二、三歩あとずさった。「お——お母様は知っててこんなことなさったんだわ」

ロバートは髪をかきむしった。「ばかなことを言うな！　君がマレーシアで着ていたものはどれもここの冬には合わないってことぐらいちゃんとわかってるだろう？　これを全部見たのかい？」

「いいえ、ふたさえも開けてないわ」

ロバートはちょっとためらっていたが、上着のボタンをはずし、一番近くにある箱のふたを開けた。中にはオリーブ色のツイード製のパンタロンが入っていた。「君によく似あうよ」ロバートは抑えた声で言った。

ジュディは頭を垂れた。「あなたはどんなに私を傷つけているかちっともわかっちゃないわ」

ロバートは立ち上がり、そのパンタロンスーツをソファの上にほうりだし、ついに声を荒げた。「僕が？　君のほうこそ僕を傷つけているのに気づいてないじゃないか！」

ジュディは緑色の瞳を大きく見開いて、ロバートを見つめていた。こめかみがどきどきと激しく脈打っていた。「私が――あなたを――傷つけた？　どういうこと？」

ロバートはサイドテーブルの箱の方へ手を伸ばし葉巻を一本口にくわえた。それからポケットを探ってライターを取り出した。「僕が外国から帰って、君がマイケルと結婚したとわかったとき、いったいどういう気持がしたと思う？」

ジュディは思わずのどに手をあてた。「そんなこと言ったって――」ジュディは上ずって言った。

ロバートの唇がゆがんだ。「そうだろう、君に何が言える？　何も言えるものか！　ああ、でも君は僕にとってすばらしい人だった。ああ、ジュディ、本当だ。僕がどんなに大ばか者だったか、君は僕に教えてくれた――」

「あなたには何もわかっちゃいないわ！」ジュディは叫ばずにはいられなかった。

「みんなわかってるよ、ジュディ。結局、魅力の半分はお金だったんだろ？　僕は君の網からすべりだし……」ジュディはロバートの頬に手を置いた。もう何も言わないで、ロバート……。

ロバートはあわてて部屋を出ていった。ジュディは涙をいっぱいためて閉まった扉を見ていた。ああ、神様、私はいったい何をしたのでしょう。

ジュディはソファの上にある箱の方を振り返ると、子供のように箱をずたずたに破いてしまった。けれど、そんなことをしたって、自分が子供だということを証明するだけだった。

深くため息をついて、ジュディは散らかったものを集めて、ベッドルームへ運んだ。ジュディは自分が何をしているのかほとんどわかっていなかったが、一つだけ確かなことがあった。この洋服を着てルーシーに会えば、彼女の思うつぼにはまってしまう……。

5

その夜、ジュディはパーティーのための支度にずいぶん長い時間を費やした。パメラ・ヒリンドンやパメラの両親のことがひどく気になり、気が重かった。

ルーシーが選んだジュディの体にぴったりの衣装の中に、トルコ石のような青緑色をしたベルベッドのロングドレスがあり、それにはミンクのような白っぽい毛皮のふちどりがしてあった。袖は長くゆったりしていて、ネックラインは深く切れこんでいた。

ジュディがその美しいドレスを着ると、ほっそりとした姿がますます魅力的だった。

ルーシーは、嫁である私を友だちに気に入らせようとして努力しているけど、そううまくいくのかしら?

ジュディはその晩、頬やうなじをなでる絹のような銀色の巻毛を残して髪をアップにしていた。自分自身の魅力を知っていることは、それがもっとも必要なときに自信を与えることになる。

ジュディがホールを歩いていくと、ラウンジで声がしていた。お客はもう来ているのだわ。エマの声も聞こえた。

ラウンジのドアを開けるのにはとても勇気がいった。ジュディがドアを開けると、話し声がぴたりとやんで皆の目がジュディに注がれた。

まず口をきったのはルーシーだった。つくり笑いを浮かべて義理の娘の方に近づいて、言った。「ああ、ジュディ！　あなたを待っていたのよ。こっちへいらっしゃい。皆さんにご紹介するわ」

ジュディはルーシーに手をとられ、前へ引っぱり出されるままになっていたが、目はしっかりと、ロバートの横に立っている背の高い若い女の人を見ていた。パメラ・ヒリンドンはジュディのいだいていたイメージとは違っていたが、とても魅力的な女性だった。

栗色の髪に、とても官能的な姿態、体にぴったりのシクラメン色のドレスを着て、自信にあふれていた。パメラの恩にきせるような目に合うと、ジュディのささやかな自信は溶けてなくなっていくようだった。

ジュディはディナースーツを着たロバートを鋭く見た。胃がぎゅっと締めつけられたようで、ちょっと気分が悪くなった。ロバートの目は濃いまつげの下に隠れていて、何を考えているのかわからなかった。

「フランシス——ルイーズ——、これが嫁のジュディよ。ジュディ、こちらがパメラのお父様とお母様。そしてパメラ。パメラ、ジュディよ！」

ジュディは機械的に手を差し出した。パメラの両親は想像していたより若く、たぶんまだ四十代の後半だろう。フランシス・ヒリンドンはブルーの瞳に賛嘆の色を浮かべてジュディを見ていた。とても魅力的な人だわ、とジュディは思った。ロバートほど背は高くなかったが、グレーの髪に頬ひげをのばして、とてもたくましそうだった。ルイーズは娘のパメラとそっくりで、すらりと背が高かった。

紹介が終わってから、フランシスは言った。「あなたのお嬢さんを紹介していただきましたよ、ミセス・ペンバートン。とってもかわいいヤングレディーですね」フランシスは白い歯を見せて笑い、ジュディは心を惹かれた。

エマはくすくす笑っていた。「ヒリンドンさんがね、私のパジャマとガウンは新しいスタイルのイブニングドレスだと思ったんですって」

ジュディは微笑《ほほえ》んだ。「ヒリンドンさんが？　ヤングレディーは美しくなるためには早寝をしなければならないって説明してあげたの？」

エマは鼻の頭にしわを寄せた。「ねえ、もう寝なくちゃいけないの？」

「ええ、そうしなくちゃね」ジュディは厳しく言った。

「何を飲む、ジュディ？」と冷ややかなロバートの声。

「ジン・トニックを、お願い」ジュディはルーシーが唇をぎゅっと締めるのを無視して言った。

「これからイギリスでどのようになさるおつもりですの？」ロバートがジュディの飲み物をとりにいって一人残されたパメラは、何か言わなくてはならないと思ったようだった。

「ここはとても寒いでしょう？」ルイーズ・ヒリンドンが言った。「マレーシアにいらしたんですってね？」

「ええ、そうです」とジュディはうなずき、ロバートの差し出したグラスを受け取った。

「ええ、とても寒いですね。でもこのアパートはセントラルヒーティングがきいていて、外が寒いなんて全然感じないんですよ」

「あの家、どう？　気に入った？」フランシスはジュディに煙草をすすめながら聞いた。

「あの家は以前、僕たちの友だちのものだったんだ」

ジュディは前かがみになって煙草に火をつけてもらい、感謝を告げるようにまつげを上げた。「ええ、そうかがっておりますわ。とてもすてきな家のようですわね。ええと――ロバートが昨日連れていってくれましたのよ」

パメラはフィアンセの方に目をやり、ロバートがふたたび輪の中に加わったのでちょっと後ろへ下がった。「ジュディはいつ引っ越しなさるの、ダーリン？」

ロバートは葉巻をくわえた。「一週間ぐらいで越せるだろう。内装はほとんど終わっているんだ」

「内装は気に入ってくださった？」パメラはふたたびジュディを見て言った。

ジュディは努めて丁寧に言った。「とっても。あなたが手をかけてくださったそうですわね」

パメラはにっこりした。「それはうれしいわ。ロブと私が自分たちの家を見つけるときの練習みたいなものよ」

いくらフィアンセでも他人の前でロブってことはないでしょうにと、ジュディは思った。

「こんなところに立ってないでゆったりと座りましょうよ」とだしぬけにルーシーが言った。

ロバートは振り向いて、「こっちへ来て座りませんか、ルイーズ?」と未来の義母へ言った。

ルイーズはシェリーの残りを一口飲むと、黒いロングスカートを引っぱって、ロバートのすすめた椅子に腰かけた。パメラはもうソファにおさまっていたので、ジュディは肘掛椅子に座った。驚いたことに、フランシスはジュディの横に座った。

エマはジュディの椅子の肘のところにちょこんと座ったが、二、三分たつとうつむきかげんになり、まぶたが疲れで垂れ下がってきた。ジュディは立ち上がって言った。「行きましょう、おちびちゃん。ベッドに連れていってあげるわ」

ロバートもフランシスも立ち上がった。おわびをするように微笑んで、ジュディは、エマにおばあ様やほかの人たちにおやすみを言わせて、いそいでエマを部屋へ連れていった。

食事の間、フランシスは最近中央アフリカへ旅したときのことを話したが、なかでもナイロビ空港での体験談は、じっと考えこんでいるロバートさえも笑いに誘い、食後のコーヒーまでに、ジュディはフランシスを大好きになっていた。

彼らの中の誰よりもフランシスは話しやすかった。二人は並んで座り、本について語り合った。ジュディは長い間ロンドンを離れていたので、最近の文化的知識を与えてくれるフランシスの話はとても楽しかった。時々じっと考えこむようなロバートの視線を感じていたけれど、目を合わせるのを避けた。

ヒリンドンの家の人々が帰るときには、ジュディはまるで何年も前からフランシスを知っているような気になってしまっていた。

表のドアが閉まるとルーシーは満足のため息をついた。「とてもすてきな方たちだとは思わない？」

「ほとんどフランシスとばかりしゃべってましたから」とジュディは椅子へ身を投げ出して答えた。

「フ、フ、フランシスですって！」ルーシーは全くあきれたという顔をした。「あの人を誰だと思ってるの？」

ジュディは肩をすくめた。

「彼はヒリンドン社の社長なのよ。お父様はサー・アーノルド・ヒリンドンで、パメラのお父様は、お父様がお亡くなりになると、その称号をおつぎになる人なのよ」

「まあ、すごい！」口とはうらはらにジュディの表情に感動の色はなかった。

ルーシーの頬はちょっと青ざめた。「彼が社長さんとわかってもちっとも驚かないのね。どっちみちあなたがこれからあの人たちと会う機会があるかどうか。あなたがソープ・ハルムへ引っ越してしまえば……」

「わかりましたわ。どうせ私はじゃま者なんですね」ジュディは苦りきった声で言った。

ルーシーはいっぱいになった灰皿をごみ箱へ捨てた。「あなたが煙草を吸うなんて知らなかったわ」

「私、吸いません」

「でも、今晩は吸ったじゃないの」

「社交のための煙草、それだけですわ」ジュディはため息をついた。「もう、寝てもよろしいでしょうか？」

突然、ロバートがディナージャケットのボタンをはずしながら部屋に入ってきて、煙草の煙に顔をしかめた。そのとき、ロバートがエマそっくりに見えた——エマも同じような顔のしかめ方をする。ジュディは大きく息をした。

ロバートは入ってきてジュディの前に立った。「さあて」ロバートは挑戦的だった。「君の気持が変わったのがわかったよ」

ジュディは答えなかった。ロバートはドレスのことを言っているのだ。しかしルーシーには何のことかわからなかった。「気が変わったって、何のこと？」

「何でもないよ。もう忘れよう！」ロバートは部屋を見回した。「何てざまだ！」テーブルの上にはあふれんばかりの灰皿があり、空のグラスは散乱し、レコードのジャケットは椅子の足のところにほうりだされ、ナッツやポテトチップスの皿はどこへ行ったかわからなくなり、もう、すさまじい混乱ぶりだった。

ルーシーは肩をすくめた。「ハルバードが朝のうちに片づけてくれるわ」

「たぶんね」ロバートは飾り棚の方へ行き、スコッチ・ウイスキーをグラスにつぎ、「もう一杯飲みますか？」と母親の方を見て言ったが、答えたのはジュディだった。

「ええ、お願い。私が何を飲むかご存じでしょう？」

ロバートは何も言わなかったが、ジン・トニックをグラスについでジュディのところへ持ってきた。

「あなた、飲みすぎよ！」ルーシーがもどかしさを隠しきれなくなって言った。

「でも人前じゃないんだから」とジュディはわざとゆっくり言った。

「ジュディと私はなるべく早く別れて暮らすほうがいいようね」ロバートの母親の声は怒気を含んでいた。

ロバートは不機嫌にルーシーを見た。「誰も母さんがアパートへ帰るのをとめたりしないぜ」

ジュディは目をしばたたいた。母親に対してこんな攻撃的なロバートを見るのは初めてだった。

「何ですって?」ルーシーはあきれたように言った。「あなたをここへ——ジュディと二人にしておくの?」

「なぜそうしちゃいけないんだ?」ロバートの顔には皮肉の色が浮かんでいた。「たいしたことじゃないじゃないか」

「もちろんよ」ルーシーはロバートの気持を読みとろうとじっと見つめていた。「でもパメラが、私がアパートに帰るのをどう思うかしら」

ロバートは両手を首の後ろに回した。「なぜ?」

「鈍感なふりはやめなさい、ロバート」

「僕は鈍感なんかじゃないさ、お母さん。僕がジュディとベッドを共にしたいと思っているとしたら、ここでのお母さんの存在はほんのちょっと意味あいが変わってくることになるんだろうけどもね」

「ロバート!」ルーシーは青ざめた。

ロバートは大声を出した。「本当なんだ、お母さん」ロバートの唇はねじ曲がった。「実際、単なる付添い人としてならお母さんの存在は無意味なんだ。ジュディは僕の兄貴と結婚した人だよ――だから僕はジュディを養うんだ。でもそれだけのことさ。満足したかい?」ロバートは向こうを向いた。「さあ、もうみんな寝よう。疲れた」
ジュディはジン・トニックを飲みほして、立ち上がった。ちょっとふらふらしながら二人を苦々しく見た。「あなたはとてもうまくエンドマークを出したわね、ロバート。この私を養おうか養わないか選ぶのはすべてあなたにかかっているみたいな口ぶりじゃないの」ジュディはグラスを大きな音をたててサイドテーブルに置き、王者のように頭をかしげて部屋を出ていった。

次の二、三日はさしたることもなく過ぎていった。言うまでもなくルーシーは居座り続けていた。ジュディはルーシーが自分のアパートに戻る気のないことを知っていたし、お互いに避けていたので、二人で向かいあう機会はほとんどなかった。

ジュディはロバートに、ペンバートン・カンパニーのオフィスをたずねてもいいかどうか聞きたかった。ジュディの上司だったビンセント・ハーベイ氏はまだそこで働いているらしく、またハーベイ氏と交際を始めたかったのだ。しかしながらロバートの態度は、なぜか敵意をむき出しにしていた。

ある朝――ジュディがイギリスへ戻ってから一週間ほどたった朝、電話が鳴った。驚いたことに、フランシス・ヒリンドンからだった。

「ジュディ？」電話の向こうで彼は大声を出した。

「ええ、そうです」ジュディは受話器を持ちかえた。「あの――ヒリンドンさんですの？」

「フランシスと呼びたまえ。ヒリンドンさんと言われると、なんだか年寄りみたいでね」

ジュディは微笑んだ。「あら、そんなつもりじゃありませんよ」

「きっとそうだろうとは思うがね」フランシスは面白がっているようだった。「元気？」

「ええ、おかげさまで」ジュディはハルバードがラウンジのドアのところまで来ているのに気づいて後ろを見た。「えーと、誰をお呼びしましょうか？　ロバートはオフィスで、母はエマを連れて動物園へ行っていますのよ」

「ジュディ、君と話がしたいんだ」驚いたことにフランシスはこう言った。ジュディはハルバードの方を向いて肩をすくめて、「私とですって？」と言葉を繰り返してみせたので、ハルバードは丁寧に頭を下げ、引き下がった。

「そうだよ。今日のお昼、君が暇かどうか聞こうと思ってね」

「昼食を？」ジュディは心を落ち着けようとした。「でも――なぜ？」

フランシスは笑った。「理由が必要かい？　僕がただ君と昼食に行きたいだけじゃだめかな？」

ジュディはびっくりした。「ええ、でもわからないわ――」

「なぜ？　君は今、ロバートはオフィスで、ルーシーとエマは動物園だって言った。出られない理由はないじゃないか。もちろん先約があるのなら――」

ジュディはため息をついた。「あまり思いがけないことだったものですから」

「そう?」フランシスは待っていた。

ジュディは下唇をかんだ。いろいろな感情が相争っていた。フランシスと昼食を共にするというのはとても魅力的なことだ。フランシスは面白くて魅力的な人だからきっと楽しいに決まってるわ。だけど、ロバートは何と思うかしら。それにルーシーはまた意地の悪い解釈をすることだろう。しかしながら、まるで義母のつまらない束縛が、ある種の推進力になったかのように、ジュディは決心した。

「お受けしますわ。どこで待ち合わせます?」

フランシスはうれしそうだった。「アパートまで迎えにいくよ。十二時ごろに」

ジュディは唇をしめらせた。「わかりました。でも下で。私――下であなたを待ってますわ」

「それじゃあ」

フランシスは電話を切り、ジュディは震える手で受話器を置いた。

わくわくするような興奮がジュディの血管をかけめぐった。マイケル以外の男の人から食事を誘われたのはここ数年ないことだった。ジュディは飛ぶようにキッチンへ行き、ハルバードに昼食はいらないと告げた。ハルバードは誰と一緒に食事をするのか聞かなかったし、必要もなくロバートを怒らせたくなかったので、誰にも知られないうちに戻ろうと思って、黙っていた。シャワーから出たとき、今からしようとしていることが悪いことだと認めている自分を感じていた。でもどうして？　ジュディはすらりと形のいい脚に透き通るように淡いベージュのストッキングをはきながら、自分自身に激しく問うた。

ジュディは、ロバートがぴったりだと言ってくれたダークグリーンのパンタロンスーツを着た。そのしぶい色はマレーシアの熱い太陽にさらされてより白くなった銀色の髪の輝きをみごとに引き立てていた。彼女は髪をおろしたままにしておくと、とても若く見えた。そして十二時一分過ぎに、エレベーターで下へ降りていった。

フランシスは車のボンネットによりかかって待っていた。門番のノリスはビルから出てくるジュディをみとめると手をあげて丁寧に挨拶した。ジュディは振り返りながら微笑んで、フランシスにかけ寄った。

外はひどく寒くて、まだ濃い霧がかかっていた。ジュディはパンタロンスーツの上に毛皮のコートを着ようかどうか迷った自分がおかしくなった。フランシスのみがきこまれたメルセデスの中はとても暖かかったのだ。

「あの男は自分が共謀者だと思ってるよ」とフランシスはジュディの横にすべりこみながら、言った。

「彼は義務に忠実なだけよ」ジュディは笑いながら調子を合わせた。ジュディの頬はピンクに染まっていた。

フランシスは長い間じっとジュディを見つめていたが、我を取り戻して前を向き、エンジンをかけた。「君はとてもすばらしいよ。君が考え直したんじゃないかとちょっと心配だったんだよ」

「私が?」

フランシスは車の向きを変えて、キングス・ロードへ入っていった。

「どこへ行くの?」外の景色を見ながらジュディは聞いた。

「パープル・フェザントへ行こうと思うんだ」フランシスは、ジュディの方をちょっと見た。「スラウ・ロードにあるんだよ。聞いたことある?」

ジュディは首を振って、ため息をついた。「イギリスで昼食に招待されたのは六年ぶりのことなの」

フランシスはにっこりとして、「じゃあ、僕は光栄な人なんだね」と軽く言った。「お祝いにシャンパンで乾杯しよう」ジュディは声をたてて笑った。

パープル・フェザントは賛嘆に値するレストランだった。食事はたいへんおいしく、フランシスが飲もうと言ったシャンパンはすばらしく刺激的だった。

食事の間じゅう続けていた会話は軽いものだったが、アパートに近づいたとき、フランシスは言った。「また、一緒に外出してくれるかい、ジュディ?」

ジュディはフランシスの横顔を見たが、フランシスの目はしっかりと前方の車の流れに注がれていた。「私にそうしてほしいの？」

「もちろんだよ」フランシスの声は真剣だった。

「できるかどうかわからないわ」

「なぜ？」フランシスはジュディを見つめ直した。「楽しかったんだろう？　違うのかい？」

「ええ、とっても。でもそういう問題じゃないの」

「僕にはわからない」

「フランシス、あなたが昼食に誘ってくださったとき——あのとき、私がなぜって聞いたらあなたは言ったわ——何か理由が必要なのかいって。そう、今は必要なのよ」

フランシスは眉をひそめた。「決まってるじゃないか。君と交際するのが楽しいんだ」

「じゃあ、奥様は？」

「ルイーズ？　ルイーズが何だって言うんだい？」

「奥様は、今日あなたが私を誘って外出したことをご存じ？」

「なぜ？　ルイーズとは関係ないよ」

「でもそうはいかないわ」ジュディはため息をついた。「私の言ってること、あなたわかってないんじゃない？　もし奥様に私たち二人で外出したことがあとで耳に入ったとしたら――どうお思いになると思う？」

フランシスの顔は険しくなった。「そんなこと全く気にしていなかったよ」

ジュディはフランシスを見つめた。「なぜ？」

アパートの前庭に車を止めるとフランシスは横向きになり、腕をジュディの背中に回した。「はっきりさせる必要があるのかい？」フランシスはやさしく言った。「僕とルイーズの関係はもう何年も前から破綻を来たしているのさ。ああ、でもまだ離婚はしていない。パメラと両親のために、幸せそうなカップルのふりを続けているんだ。でもそれだけだ」

ジュディは深く息を吸った。「わかったわ」フランシスに招待を受ける前にこのことを知っていれば今日のデートはもっと変わった形になっただろう。

フランシスは頭を垂れて上着のボタンを見ていた。「もちろん、そのことは僕の守備範囲外のことだけど……」

「どういうこと？」

フランシスは顔を上げたがその顔はゆがんでいた。「今、君は僕と外出したことを後悔してる？　君は――ああ、僕は自分をいましめながらここへ来たんだがね。それにもかかわらずこの男は単に親しい関係以上の何かを期待してここへやってきたんだ！」

ジュディは自分の顔が熱くなるのがわかった。

フランシスはため息をついた。「僕はばかで、うそつきだ。でも、僕は君が好きだ、君のとりこになっている、本当なんだ。でも君が僕と純粋に友だちの関係を望むのなら、そう申し出る用意はできているよ」

「ああ、フランシス！」ジュディはフランシスを力なく見つめた。

「でも僕たちはもっと情熱的になれる、そうだろう？」フランシスは腕時計を見た。「もう行かなくちゃならない。約束があるんだ――えーっと――三十分も過ぎている！」

ジュディはあえぎながら言った。「三十分も！　行ったほうがいいわ」ジュディは車のドアを押し、外へすべり出た。フランシスも車を降り、ぐるっと回ってジュディのそばへ来た。

「僕と一緒に来てくれてありがとう」

「ありがとうですって！　とんでもない、お礼を言うのは私のほうよ」ジュディは首を振った。「とてもすばらしかったわ」

フランシスはうなずいた。「それはよかった」フランシスは車へ戻りかけたが、ジュディはフランシスの手をとった。

「あの――また私を誘ってくださる？」

フランシスの目は細くなった。「来てくれるかい？」

「友だちとしてならね」

フランシスは両手でジュディの手を包んだ。「わかった。二、三日のうちに電話しよう」

ジュディはうなずいた。「そうしてね。さようなら、フランシス」

「さようなら、ジュディ」フランシスはうなずいてジュディの手を離し、すばやく車に戻った。

エレベーターへの階段を昇りながら、ジュディはどうしてこんなことをしてしまったのだろう、といろいろ考えをめぐらせた。自分の事を他人事のように話していたときのフランシスの目の中には、深いかげりがあった。フランシスはプラトニックな関係を望んでいるなんてふりをしようとはしなかった。それを決めるのはジュディだった。でも、こんな関係は、すぐに周囲の人から誤解されるだろうこともジュディは十分に承知していた。

6

アパートに戻ると、女の人の声が耳に入った。ジュディの心は沈んだ。ルーシーが戻っているんだわ。きっと私が何も告げずに外出してしまったことについてとやかく言うことだろう。

しかし、長椅子に腰かけてジュディを不思議そうに見上げたのは義母ではなく、見たこともない若い女性だった。ロバートも憂うつそうな顔をして窓際に立っていた。

ジュディは途方にくれたような顔をしてドアにもたれかかり、義弟の方に問いかけるように鋭い視線を送った。ロバートは長椅子の後ろを通ってゆっくりとジュディの方へ歩み寄った。「君がやっと戻ってくる決心をしてくれてよかったよ。ミス・ローソンと僕は君を一時間も待っていたんだぜ」

ジュディは、ロバートの冷たい言葉は単に怒りの氷山の一角であることに気づいて、ドアを離れた。二人だけだったとしたら、きっとどこへ行っていたのか、力ずくでも言わされたことだろう。それとも、ロバートはもう知っているのかしら。フランシスと一緒に戻ってくるところを見られてしまったかもしれない。

ジュディはミス・ローソンの手前、落ち着こうとし、肩をすくめた。「そうなの？ ごめんなさい。でもなぜ私を待っていたの？」

ロバートはみごとに感情を抑制していたが、目はいらだちなどというものではなく、何かもっとはるかに悪意のあるもので燃えていた。「ミス・ローソンはエマの家庭教師なんだ」ロバートの目はジュディをとらえて放さなかった。ジュディは、心の底から恐怖を感じた。「思い出したかい？ 君に言ったことを」

ジュディは視線を長椅子にゆったりと腰かけている女性に移した。とび色の髪が魅力的なその女性は横柄そのものの目でジュディを値ぶみするように見つめたので、ジュディは一瞬ろうばいしたが、親しみをこめて言った。「ごめんなさいね、留守をしていて、ミス・ローソン」ジュディは手を差し出し、その若い女性はけだるそうにその手を握り返した。

「ジュディ・ペンバートン、エマの母親です」

ミス・ローソンは今こそ熱意を表すときだと思い、立ち上がった。「はじめまして、ミセス・ペンバートン。あなたとお近づきになれてうれしゅうございます。エマちゃんはどこですの？」

ジュディはしぶしぶロバートの方を見た。「まだ帰っていませんの？ あなたのお母様はエマを動物園へ連れていってくださったのよ」

ロバートは腕を組んでいた。フランシスに比べて、ロバートはとても大きく力強く見えた。「今日はミス・ローソンにエマと会ってもらう必要はないよ。今日こうして彼女に君と会ってもらったのは、ミス・ローソンにエマの教育についての考えを聞くためだったんだから」

ジュディは深く息を吸って、「まだエマの教育に関してはっきりした決定を下すことはないと思うわ」と無関心を装って言った。

ロバートの顔はくもった。「もう決まってるんだ。ミス・ローソンは君が引っ越す週末にはソープ・ハルムに住むことになっているのさ」

ジュディは顔を上げて、きっぱりと言った。「エマはあの村の学校で十分だと思うわ」

「その判断は僕にまかせてくれないか、ジュディ」ロバートは気むずかしく言った。

「もうちょっと話し合うべきだと思うわ」

「話し合うことは何もない」

「納得できないわ」ジュディはミス・ローソンに弱々しく微笑んだ。「たぶんミス・ローソンはすばらしい家庭教師だとは思うんだけど、私はエマをほかの子たちと一緒にしたいの」

「僕は君と議論する気はないよ、ジュディ」ロバートは組んでいた腕をといた。

ジュディははらわたが煮えくりかえる思いだったが、冷静にその若い女性の方を見て、「お茶をお飲みになる？　ミス・ローソン」と聞いた。

「いただきますわ」ミス・ローソンは冷淡に頭を下げた。

ラウンジとキッチンの間のホールまで行くと、ロバートが追いついてきて、ものすごい力でジュディの手首をつかんでひきとめた。

「話がある、一分ですむ」ロバートは野蛮に吠えたてた。「いったいこんな時間までどこへ行ってたんだ？　三時半過ぎだぜ」

ジュディは憤慨してロバートを見つめた。ジュディの手首をつかんでいるロバートの指は冷たくて硬かったが、ロバートの目は怒りで燃えていた。

「あなたは私を見張ってるの、ロバート？」

「見張ってなんかいないさ。ただどこへ行ったかって聞いてるんだ」

「昼食に出かけていたのよ」

「ああ、そんなことはわかってるさ。誰とっていうのが知りたいんだ」ロバートの力が強くなった。「手首を折ってほしいのかい？」

ジュディはのどを締めつけられる思いだった。「あなたは――あなたはけだものよ！」

ジュディは吐き出すように言った。「そんなに知りたいのなら言うわよ。フランシスとお昼を食べにいったのよ！」

「フランシス?」ロバートは首を振った。「フランシスって?」

「フランシス・ヒリンドンよ。手を離して!」

「フランシス・ヒリンドンだと!」ロバートはがく然としたようだった。「パメラのお父さん?」

「まさにその人よ」ジュディは皮肉に答えた。「離してよ!」

ロバートはジュディの言葉を無視した。「いったいなんでまたフランシス・ヒリンドンなんかと昼めしを食べにいったんだい? 君は彼のことをあまりよく知らないんだろうに」

「ええ、でも今はもっとよく知ってるわ」

「この売女《ばいた》め!」ロバートの顔はねじ曲がった。「どうしてフランシスと昼食なんぞに行ったんだ?」

「彼が誘ったのよ。それを聞いてどうしようっていうの? 悪いことなんかしてないわ。今朝彼から電話があって、私をお昼に誘ったのよ。それだけよ」

「フランシスがそんな男だったとは!」

「そんなんじゃないわ。それに——そんな男ってどういうこと?」

ロバートはジュディのほっそりとした手首を見下ろした。「この手をマッチ棒のように簡単に折ることができるんだぜ。賭けてもいい。それともその首をへし折ってやろうか!」

ジュディは神経質に笑った。「もうやめて、ロバート。時間のむだよ。ミス――えーっと――ミス・ローソンが不審に思ってるわ」

「ミス・ローソンなんてどうでもいい!」

ジュディは手をふりほどこうともがいた。もがいているうちに上着のボタンがとれた。

ジュディはロバートの目を気にして上着を引っぱった。

ロバートは無遠慮にジュディを見ていたが、「上着の下に何も着てないのか?」としわがれた声で言った。

ジュディの頬は真っ赤になった。「ロバート、お願いよ」

と突然、ロバートがジュディの手首を自分の背中のほうまで引っぱったので、ジュディは、がっしりとして男性的なロバートの体に引き寄せられた。

「さあ?」ロバートはかすれ声でつぶやいた。「どうする?」

ジュディはロバートの荒々しい視線の下でのたうち回ったがむだだった。いたずらにロバートを刺激しただけで、ロバートの手はジュディの手首を締めつけ、ジュディは息もできなかった。

「ロバート、お願い」とジュディはまた言ったが、その言葉には力がなかった。ジュディはいやいやながらも興奮してきた。清潔な男の臭いがジュディを刺激し、熱い体がジュディを襲った。ロバートはあいているもう一方の手をジュディの肩から髪の下に回し、うなじにくいこませ、ジュディの顔を上に向けさせた。

「言え」とロバートは恐ろしげにつぶやいた。ロバートは、ジュディによりも自分自身に対して激しい苦痛を与えようとしているようだった。

「教えてくれ、ジュディ。マイケルと結婚してどうだったんだい？　どういうふうにマイケルは君に触ったんだ？　マイケルの腕の中で君はどういうふうにしたんだ？　愛してもいないマイケルにどんなふうに身を委ねたんだ？」

ジュディは顔をそむけようとしたが、ロバートの胸にぴったり押しつけられていて、ほとんど息もできなかった。懸命に離れようとしても、手はロバートのやわらかい絹のシャツの上でもがいただけだった。衝動的にジュディは二本の指をボタンの間にすべりこませ、その下のざらざらした毛を触った。

「ああ」ジュディはロバートのうめき声を聞いた。と思うと、ロバートの顔が近づき、唇がジュディの唇に重ねられ、荒々しく離された。ロバートのキスは、獰猛《どうもう》で、激しく、情熱的だった。ロバートが唇を離したとき、ジュディはロバートの髪の毛をつかんでしがみつき、ロバートはジュディの体に腕を回した。キスは飢えたように深くなり、ジュディは溶けてしまいそうだった。ロバートだけがジュディの反抗を無にする力を持っていた。

ようやくロバートはジュディを離したが、ジュディはふらついてしまって、すぐには自分を取り戻すことができなかった。ロバートは青い顔をして、手の甲で口をごしごしこすり、その顔は以前より険悪になっていた。

「この身勝手な売女め！　君はちっとも変わっていないな、そうだろう？」

ジュディは震える手で上着のボタンをかけ、ジュディのつかの間の恍惚《こうこつ》は、ロバートの怒りの潮の下できれいに消えてしまった。「触ってなんて頼んでないわ！」

ロバートは髪の毛をかきむしり、顔をゆがめ、「そうだ」としぶしぶ認めた。「でも君はいやだとはひと言だって言わなかった。そうだろう？」

ジュディは無関心を装っていた。「ええ、確かにあなたに反抗しなかったわ、ロバート。でもなぜそうしなかったのかしら？　何を言ってもあなたは信じないでしょうし、その上あなたはくどきの達人でしょうからね！」

ロバートのあごはひきしまり、頬の筋肉がひきつった。ロバートは立ったままじっとジュディを見つめていたが、何も言わずにジュディを押しのけて、自分の部屋へ行ってしまった。ジュディは取り残されて震えながら立ちつくしていた。が、気を取り直してキッチンへ行き、自分でもびっくりするほど穏やかな声で言った。「三つほどお茶をいただきたいんだけど、ハルバード」

ジュディはラウンジへ戻らずに自分の部屋へ行ってしまいたかったが、ミス・ローソンをほったらかしたままだし、彼女に変な疑いを持たれたくなかった。

ミス・ローソンは長椅子に座って煙草を吸っていた。

「ああ、ご――ごめんなさい。とてもお待たせしちゃって。私――あの――お茶を頼んできたの。くるまでにあなたのことについてちょっと聞かせてくださらない？」

この若い女性は敵意のこもったまなざしでジュディを見つめて、「じゃあ私をエマちゃんの家庭教師として迎えてくださるのですね？」と辛らつに言った。

ジュディはやわらかい長椅子に腰をおろしながら、「ええ、差しあたって、そういうことになりますわね」と注意深く言った。

ミス・ローソンは眉をつり上げた。「あら、でも私の雇い主はミスター・ペンバートンなんじゃありませんの？」

「間接的には、そうです」ジュディはため息をついた。「ねえ、ミス・ローソン。あなたと私は一緒に住むことになるのよ」と親しみをこめた調子で続けた。「あなたの名前は何ていうの？　クリスチャン・ネームは？　いつもあなたをミス・ローソンと呼ぶわけにはいかないいわ」

「サンドラです。でもエマの前ではミス・ローソンと呼んでいただきます。なれなれしくするのはしつけにはよくありませんから」

ジュディは努めて笑顔を保とうとした。「五歳の子供にそんなに厳しくしなくてもいいんじゃないの？　ミス――いや――サンドラ。エマはそんな子供じゃありませんわ」

「そんな子供って、どんな子供ですの、ミセス・ペンバートン?」

「厳しいしつけをいつも必要とする子供ですわ。エマはむしろ、独立した自制心のある子です。正直いって大きな問題を引き起こすとは思えませんけど」

「あなたはエマの母親ですのよ、ミセス・ペンバートン。教師とは違いますわ」

「そりゃずいぶんいろいろなことを先生に頼らなければならないとは思いますわ」とジュディは不本意にもかっとなって言い返した。そのときハルバードがお茶をのせたワゴンを押してきた。

三杯目のお茶を飲んでいるとロバートが戻ってきた。彼は着替えていた。普段着を着ていると、ロバートは不精な怠け者みたいだった。たった二、三分前に自制心を失い、情熱的に私に言い寄ったなんて、とても信じられないわ。私の体がいまだに全身わななくような感情でつつまれているというのに、ロバートはどうしてあんなに感情をすぐに切りかえることができるのだろう?

彼の変わりようは劇的ともいえるほどだった。「どう?」ロバートはそっけなく言った。「まとまったかい?」

ジュディは肩をすくめた。「私なんかが口を出すことは何もなさそうよ」

「ジ、ジュ、ジュディ!」

ロバートはもっと何か言いたそうにジュディを見ていたが、気持が変わったようだった。

と、そのとき玄関のドアが開く音がした。

赤いアノラックにグリーンのチェックのスラックスといういでたちの、ちっちゃくて黒い髪の本当に愛らしいエマがはずむように部屋に入ってきた。エマはサンドラ・ローソンを見てちょっと立ちどまり、尋ねるように母親の方を見た。

ジュディはエマを抱きしめた。「ハロー、おちびちゃん。楽しかった？」

「ああ、とってもすごかった《スーパー》わ、マミー！」それからスキップしてロバートの方へ行き、両手でロバートの手を引っぱった。「とってもとってもたくさんのものを見たのよ、ロバートおじちゃま。おばあちゃまがアイスクリームやコーラやお菓子をいっぱいくれたの」

「そう？」ロバートの声はかわいていたが、エマを見ると、緊張した表情は消えた。明らかにロバートはエマを愛している。でもそうわかると私の心はなぜうずくのだろう？

「小馬ちゃんも見たのよ」エマは一生懸命続けた。

「それにね、おばあちゃまがね、田舎へ引っ越したら小馬を飼ってもいいって。ねえ買ってちょうだい、ロバートおじちゃま！」

「エマ！」とジュディはとがめた。

そのときルーシーがハンドバッグの中に手袋をしまいながら入ってきた。「今じゃないのよ、エマ、今じゃないの！」かなりいらだっているようだったが、サンドラ・ローソンを見ると、急に表情をくずした。「あら、サンドラ！　サンドラじゃないの。あなたが今日ここに来るなんて知らなかったわ。知ってたら出かけなかったのに」

「僕が今朝電話するまでミス・ローソンは約束のことを知らなかったんだよ」それからロバートはエマにいいきかせた。「ミス・ローソンは君の家庭教師になるんだよ。家庭教師って知ってるかい?」

エマは顔をしかめた。「乳母みたいなもの?」ロバートは首を振った。「乳母とは違うんだ。家庭教師は先生なんだよ。勉強を教えてくれるんだ」

エマのちっちゃな顔は心配でゆがんだ。「学校で?」

「ううん。学校でじゃないんだ」ロバートはエマの横に腰をおろした。「ミス・ローソンは君とマミーと一緒にソープ・ハルムに住むことになるんだよ」

エマが確かめるようにジュディの方を見たので、ジュディはエマをかわいそうに思った。

「でも――でもマミーはこう言ったのよ。イギリスへ行ったら正式な学校に行けるんだって!」

「それじゃ、マミーはかん違いしてるんだよ」ロバートは立ち上がろうとした。

「でもどうして?」エマはロバートのチョッキを強く引っぱった。「こっちへ来て、ロバートおじちゃま」

「今度はなに?」

エマは両手をロバートの肩に置いて、指で彼の耳をつついた。「なぜ学校に行けないの？」

ロバートはため息をつき、ルーシーはティー・ポットのふたをあけ中身を確かめながら舌打ちした。

「ばかなこと言うのはやめなさい、エマ。ロバートおじさまはお前のために一番いいと思ってそうなさるのよ」

ロバートは、エマを抱いて立ち上がった。

エマはロバートのことをどう思っているのかしら？　単にマイケルに似た人、それともそれ以上のもの？

「エマをおろしなさい、ロバート。エマはもう赤ちゃんじゃないのよ！」とルーシーがいらいらして叫んだが、ロバートは知らん顔をしてエマに話しかけたりエマをくすぐったりして、エマと遊んでいた。ジュディはとてもつらくて、もうそんな二人を見ていられなかった。

「サンドラはパメラの古くからのお友だちなの。同じ学校へ行っていたのよ。ただ、サンドラは結婚より子供の世話を職業にするほうを選んだの」ルーシーはやさしく微笑《ほほえ》んだ。

「今にサンドラがとても有能だってことがわかるわ」

「きっとそうですわね」ジュディはぎゅっとこぶしを握った。ジュディはこの若い女性に反感に近いものを持った。明らかにこの女性は、番犬として、私の家族の中に入ってくるのだわ。ジュディは大声で悲鳴をあげたかった。私のことをいったい何だと思っているの？　私をいったいどうしたいの？
「いらっしゃい、おちびちゃん。お茶の前には手を洗わなくっちゃね」感情の爆発によって自分自身がみじめになってしまわないうちに手袋とハンドバッグを集めて、ジュディは部屋を出ていき、後ろ手にドアをしっかり閉めた。

ロバートが母親に、ジュディが誰と一緒に昼食に行ったのかを話したのか話さなかったのかわからなかったけれど、ルーシーはそのことについて何も言わなかった。問題にしないところをみると、きっとまだ何も聞いていないのだわ。ジュディの気持はたかぶっていた。

その晩、ジュディは義母と二人で夕食のテーブルについた。ロバートはサンドラ・ローソンを送っていき、そのままオーピントンへパメラに会いにいっていて、エマはもうベッドに入っていた。ジュディはかなりエマのことを心配していた。エマはほとんどお茶も飲まずに、頭痛を訴えたのだった。ジュディはあまり長い時間外出していたせいだと思ったが、ルーシーにそんなことはとても言い出せなかった。

夕食後二人はラウンジでテレビを見ていた。と突然、エマが咳をはじめ、息がとまるのではないかと思うほど大きな叫び声をあげた。ジュディは椅子からとび上がり、ラウンジのドアをねじあけ、エマの部屋へ急いだ。子供部屋の戸を開けると、ジュディは、一瞬立ちどまり、金切声をあげた。エマの顔は真っ青で涙ぐんでいて、指をがたがた震える口に押しつけていた。あたりは、エマのもどしたもので汚れていた。

「ああ、エマ！」ジュディは首を振った。

「なんていけない子なの！」とルーシーは嫌悪で鼻にしわを寄せて叫んだ。「なぜバスルームに行かなかったの？」

エマはわっと泣き出した。ジュディは義母の方を激しく振り向いた。「言うことはそれだけですの？　この子がどんなにおびえてるかおわかりになりませんの？」

ルーシーは思わずのどに手をあてた。「それが何なの！　はじめから吐きそうだってわかっていたらちゃんとバスルームへ行けばよかったのに。このじゅうたんを見なさい！　ベッドカバーを見なさい！　みんな台無しになっちゃったじゃないの！」

「ばかなこと言わないで！　こんなもの洗えばきれいになるわ。みんなお義母《かあ》様の責任よ。一日じゅう、アイスクリームやコークや甘い物をエマにやっていたんだから！」

「こんなことになるとは思わなかったのよ！」ルーシーは気持悪そうにエマを見ながら言い返した。

そのとき、「何が起こったんだい？」とそっけない男の声が二人の女の上に冷たいシャワーのようにかかった。ジュディは身がまえて振り返った。

ロバートはジュディを押しのけて、エマのベッドルームの中をのぞきこんだ。

「おお、エマ!」ロバートは首を振り、エマのベッドへかけ寄った。「いったいどうしたの?」ロバートは部屋を見回しながらやさしく言い、その目はさっきエマが一緒に遊んでいたテディ・ベアにとまった。「誰なんだい? テディかい? それとも椅子に座っている言うことをきかない人形かな?」

エマはパジャマがべとついていることも忘れて、なんとかベッドをはい出して、ロバートの足にしっかりしがみついた。

「こ――これはね、テディよ」とあえぎながら言った。「この子――この子はね、今日、とってもたくさんお菓子を食べたのよ」

「この子が?」とロバートがもつれた髪を手で直しながら言った。ジュディはドアのところの柱でかろうじて自分を支えていた。

「ロバート、お願いだから、やめておくれ!」ルーシーが叫んだ。「その子がお前のズボンをぬらしてるのが――わからないのかい?」

ロバートはエマの頭と肩を抱いたまま目を上げて、母親の言葉を無視して言った。「ハルバードに伝えてくれ。熱いお湯と消毒剤をたっぷり、それに新しい服を持ってくるよう言ってくれ」

ルーシーは口の中でぶつぶつ言いながら出ていった。ジュディは、ルーシーと少し言い争ったことで動揺していて、まだドアの柱にもたれかかっていた。

ロバートはエマの指を大事そうに自分の足からはずした。「おいで！　君をきれいにしてあげるよ」

エマは母親の方に訴えかけるような視線を投げたのでジュディは二人についてバスルームへ行った。ロバートはそこらじゅうを香りの湯気でいっぱいにして、その中にエマを入れた。

エマの青白い頬はやや血の気をおびてきて、気持よさそうだった。ジュディは胃がうずくような気持で二人を見ていた。ロバートはズボンのぬれるのもちっともかまわずにバスタブの横にひざまずいていた。

ハルバードがバスルームへやってきて、エマにウインクをして言った。「お洗い申し上げてよろしゅうございますか？」

ロバートはハルバードの方を見てにやりとした。ロバートがこんなにリラックスした表情をしたのをジュディは初めて見た。その笑顔は魅力的だった。ロバートはエマを見下ろした。「マミーは君をここから出して、体をふいてくれるよ。僕は君がベッドに入ってから会いにいこう。いいかい？」

「あら、エマは私と寝るのよ」とジュディが言ったが、ロバートは首を振った。

「エマは僕のベッドで寝るんだ」ロバートはやわらかいオレンジ色のタオルで手をふきな

がら言った。

「今晩だけでもエマの部屋に風を通さなくちゃ。僕はラウンジのソファで寝るよ」

「そんなこと、できないわ、ロバート。やめてちょうだい」

ロバートの顔はくもった。「何が言いたいんだい？　君と一緒のベッドに寝ろっていうのかい？　僕をそんなに苦しめないでくれ、ジュディ、お願いだから」

7

週末にジュディはソープ・ハルムの家に引っ越した。

家具はもう運びこまれていて、ミセス・ハドソンという名前の家政婦が住んでいた。家庭教師の上に家政婦まで！　ジュディはがんじがらめにされて、欲求不満に陥りそうだった。

エマが病気になった夜から、ジュディはロバートの姿をほとんど見かけていなかった。ルーシーは、ロバートがあの夜ラウンジのソファで寝たといってジュディをなじった。

ロバートはそのことについては沈黙していた。どっちみちロバートはほとんど毎日、昼はオフィスへ出かけ、夜はパメラやパメラの友だちとつきあっているようで、ジュディと顔を合わせることはなかった。

自分の家へ引っ越すのはかなりすてきなことだった。それにミセス・ハドソンはジュディが想像したような人ではなかった。この家政婦は中年の未亡人で、子供たちはすでに結婚していて、ジュディに対して娘のように接した。

ロバートは日曜日の朝ソープ・ハルムにジュディたちを送っていくと約束していたが、金曜日の夜ニューヨークから電報が届き、ロバートはすぐにでも行かなければならなかった。そこで、パメラが、送っていくと言い出した。「結局、誰がジュディを連れていくかは問題じゃないでしょう?」

ロバートは肩をすくめた。「うん、そうだね。君はそれでいいかい、ジュディ?」

パメラを運転手にすることは全くジュディの望むところではなかった。「タクシーで行くわ」

パメラは両手を広げた。「ねえ、その必要はないわ。私、日曜日はあいてるし――」パメラは媚《こ》びるようにロバートの方を見た。ジュディはやむなくパメラの申し出を受け入れた。

日曜日、ジュディたちがソープ・ハルムに着くと、ミセス・ハドソンがキッチンから出てきた。この家政婦は、背丈はジュディと同じぐらいだったが、ジュディよりもはるかに丸々と太っていて、グレーの髪で、温かい笑顔をした人だった。

「ラウンジにコーヒーの用意ができております、ミセス・ペンバートン。ちっちゃなお嬢ちゃん、私と一緒にキッチンへ行きますか? 私の焼いたジャム付きドーナツがありますよ」

エマは目をまるくした。「ああ、すごいわ《スーパー》!」

ジュディは言った。「ええ、いいわよ。でも食べすぎちゃだめよ」

一人になると、ジュディはうれしそうにホールを見回した。壁は真っ白で、真紅のじゅうたんが流れるように敷かれ、すてきな階段へと続いていた。

パメラがホールを通ってラウンジへ入ってきた。パメラが選んだじゅうたんや家具は暖かい色調のもので、パメラはたちまちこの家になじみ、ソファに腰かけると、まるでジュディがお客のようだった。

しかしジュディは腹を立てなかった。もうペンバートン家の誰が何を言おうと、何をしようと、どうでもよかった。エマと私は自分たちの家を手に入れたのだし、少なくともこれからは一日のうち何時間かは、他人の目を気にせずに過ごせるだろう。

パメラからコーヒーを受け取り、窓際の肘掛椅子に座ると、パメラが言った。「この家はとても住み心地よさそうね？」

ジュディは無理やり笑顔をつくろうとした。「そうね。とてもすてきなお屋敷だわ」

「そうなのね。初めは私たちのために買ってって彼に言ったんだけど、彼は小さすぎるっていうの」

ジュディはコーヒーをすすった。「そうね」

「ええ、ロバートは接待の仕事がたくさんあるの。でも、独身のときと違って結婚したらもっと十分に接待できると思うわ」

パメラはしばらくジュディの顔をつくづく眺めていた。「ねえ、あなたは前にロバートと婚約してらしたんでしょう?」

ジュディはガチャンと音をたててコーヒーカップを置いた。「ええ、その通りよ」

「私、知ってるの。ロバートが話してくれたわ」

ロバートのことで彼のフィアンセと話し合うのはいやだった。なぜパメラはこんなことを言い出したのだろう?

「でもあなたは彼のお兄様と結婚した――」

「マイケルと。そうよ」ジュディはうなずいた。

「ロバートが会社の仕事で海外――ベネズエラ――へ行く前に別れたってロバートは言ってたけど」

「ええ」

「よかったらなぜだか聞かせてくださらない?」パメラは打算的な目をしていた。

ジュディは肩をすくめた。「それが何か?」

「私、知りたいの」

「なぜロバートに聞かないの?」

「聞いたわ。ロバートは――あなたのほうが約束を取り消したって――。本当?」

「そう――本当よ」

「でも——どうして？」

ジュディはため息をついた。どう答えていいかわからなかった。衝動的にジュディは言った。「わかりきってるじゃないの。私——私、マイケルと恋におちたのよ」

パメラの顔は晴れた。「ああ、ごめんなさい」ほっとしたようにパメラは叫んだ。「もちろんよね。思いもつかなかったわ。なぜって、あなたはロバートが海外任務から帰る前にご結婚なさったものだから」

「ええ、ロバートは六カ月行ってたの」

「ええ、彼もそう言ってたわ。でも状況が違ってたら彼と一緒に行っていた？」

ジュディはもうこのことを話したくなかった。「煙草を持っていらっしゃる？」

パメラは眉をひそめたが、ハンドバッグの中をごそごそさせて煙草を取り出した。火をつけてからパメラは言った。「気になさらないでね。ただ——ロバートに聞くわけにはいかないから」

ジュディは煙を吐き出した。「ええ、大丈夫よ」せわしなく立ち上がって言った。「今年の冬は厳しいかしら？　もう雪のこと、忘れちゃったみたい」

パメラも窓際へやってきた。「私、今まで何も言わなかったけど、お悔やみを申し上げるわ、ご主人がお亡くなりになったことに。とても残念だわ、お会いするチャンスがなくて」

ジュディは無表情にパメラを見つめて、「ありがとう」とぎこちなくつぶやいた。

パメラはうなずいて、ジュディの肩に手を置いた。「そろそろ行かなくちゃ。マミーが待ってるの。落ち着いたら一度遊びにいらして。マミーもダディーも喜ぶと思うわ」

なんて態度の変わり方なの！　ああいうやり方をしなければ、お父さんのようにチャーミングなのに。

パメラはエマと家政婦に別れを告げて帰っていった。ジュディは複雑な面持ちで、去っていく車を見送った。人生ってなんておそろしく絡み合っているのかしら！　友情より敵意を選んでどこが悪いの？

二、三日のうちにジュディたちはすっかりソープ・ハルムの家に落ち着いた。

家の裏庭はエマを魅了した。とても寒い日が続いていたのに、ブランコは気持を抑えきれないほどエマの心を惹きつけ、毎日乗って遊んでいた。いつもミセス・ハドソンか母親が一緒ではあったが。

庭にはリンゴや西洋ナシの果樹園もあり、夏になればエマが遊び回るかっこうの場所になるサン・ハウスもあった。バラの棚もあった。ミセス・ハドソンは来年には野菜がとれるでしょうと言ったが、来年のことを考えると、なぜかむなしい気持になるのだった。ロバートはもう結婚しているだろう。パメラと二人でここに来るんだわ。いったいどうすればそれに耐えられるの?

ロバートはまだアメリカから帰っていなかった。予定を延ばしてサンフランシスコまで行っていて、あと一週間は帰ってこない。当然ジュディに直接便りがくるはずもなく、ルーシーが毎日のように電話してきて、ジュディが最新のニュースを知っているかどうかを確認した。

パメラは二度訪ねてきた。ジュディは未来の義妹のことを何も恐れるに足る人ではないと自分を納得させたくて、パメラと二人っきりのときは決まってロバートとパメラの将来の計画のことを話題にした。が、パメラはちっとも打ちとけず、ジュディには、自分がほとんど失ってしまった幸せを故意に意地悪そうに見せびらかしているのではないかと思えるのだった。

木曜日に、フランシスから電話があった。

「ハロー、ジュディ」電話の向こうで照れている顔が見えるようだ。「君のことをすっかり忘れてしまったとでも思っているのかい?」

ジュディは肩をすくめた。「いいえ、あなたが考え直しちゃったんじゃないかって思ってましたわ」

フランシスは笑った。「そんなことはないよ。どう? 田舎の生活には慣れた?」

「気に入ってますわ」ジュディは安楽椅子の腕のところに腰かけた。「すっかり落ち着きました。エマもここが大好きのようですわ」

「そうだろうね。でもマレーシアのときほど自由じゃないんだろう?」

「そうですわ。エマはいつもメイドと一緒ですの。ところで、お元気?」

「ああ、どうにかこうにかやってるよ。しばらく電話しなかったのは旅行に行ってたから
なんだ、スコットランドへ。昨日の夜帰ってきたばかりさ」

「ロバートもいないのよ」

「うん、知ってるよ。家ではそのことばかり聞かされてるから」

「ああ、ごめんなさい。もちろん、そうね! パメラのことを忘れてたわ。フランシス、
電話してくださってうれしいわ」

「本当? なぜ?」

「わからないわ。ただ気持がちょっとふさぎこんでいたから。でも、それだけよ。引っ越
しして気がゆるんだんだと思うわ。ところで、家庭教師が日曜日に来るってご存じ?」

「家庭教師? サンドラ・ローソンのことかい?」

「ええ。知ってらっしゃるの?」

「おやおや、知ってるのなんのって。サンドラとパムは学校時代の同級生なんだよ」

「そうでしたわね」

「何か悪いことでも? サンドラが何か?」

ジュディはつま先でじゅうたんの模様をたどりながら言った。「いえ、別に」

「何か不吉な前兆のようだね」フランシスはくすくす笑った。「いいかい、かわいい人。君と電話で三十分もぺちゃくちゃしゃべっているわけにはいかないんだよ。早く君に会いたいな。いつがいい？」

ジュディはためらっていた。「わからないわ。エマがいるし――」

「エマも連れてくれば？　あ、いや、君が僕を昼食に招くってのはどう？」

ジュディは眉をおとして「それならできると思うわ」とゆっくり言った。このことがロバートにわかったときの彼の反応が目に見えるようだ。

「あまり気が進まないようだね？」

「ああ、フランシス、ごめんなさい」ジュディは笑いながらあやまった。「もちろん、いらして。特別に私の得意料理《ピエス・ド・レジスタンス》を作りますわ」

「それはすてきだ。お得意の料理って何？」

「見てのお楽しみよ」と言いながら、ちらと時計を見た。「もう十一時よ。今、どこなの？」

「家だよ」フランシスは無頓着に答えた。

「お家ですって？」ジュディはぎょっとした。

「そうだよ。僕の書斎だ。大丈夫、誰にも聞かれてないから」

「あなた、そんなに――そんなにこそこそしていらっしゃるの?」

「僕が? それは失礼。じゃあ、今から外出するとルイーズとパメラに言うよ。きっと二人ともついてくるが、いいかね?」

「ああ、フランシス、やめてちょうだい」もちろん、フランシスだけに会いたいのだ。

「じゃあ、どうする?」

「一人で来て」ジュディはかすれた声で言って、受話器を置いた。

ジュディはあわてて赤いミニドレスに着替え、髪をとかした。すると、玄関に車が止まり、フランシスが降りてきた。

「フランシスおじちゃまなの?」エマがキッチンからはずんで出てきた。

「そうよ、おちびちゃん」

フランシスはクリーム色のカジュアルなズボンと茶色のとっくりセーターを着て、いつもより若々しかった。

「ハーイ、ハニー!」とフランシスはエマのあごの下をくすぐった。それからジュディの方を振り返り、「そんなに見つめないでくれ、ジュディ」と言った。

ジュディは微笑んだ。「こちらへいらして」

エマはラウンジへはずむように入っていって、フランシスは部屋を見回した。「うん、なかなかいい。悪くないね。ん? 僕の娘の装飾にしては!」

ジュディは笑いながら、飲み物ののっているテーブルの方へ行った。「何がいいかしら？　シェリー？　スコッチ？　それともコーヒー？」

「スコッチがいいね。座ってもいい？」

「もちろんよ」フランシスはエマと一緒に長椅子に腰かけた。

「パメラおばちゃまは？」

フランシスは微笑んだ。「お家だよ」

「一緒に来たくなかったのかしら？」

「たぶんね」フランシスはジュディからスコッチを受け取り、悲しそうな顔をしているエマに笑いかけた。「だって——パメラは僕を誘わずに何回も君に会いにきたろう？　だから今日は僕がパメラを誘わずにきたのさ」

エマはフランシスの言葉に満足したようだった。「おじちゃまは本当に私に会いにきたの？」

「それにマミーにもね」フランシスはスコッチを一口飲んだ。「ほら、君だけに会いにきたっていうとマミーに悪いだろう？」とジュディにウインクした。

エマの顔から笑いがこぼれ、ジュディは二人の横に座った。「どうしてもっとお子様をおつくりにならなかったの？　フランシス」と言ってしまってから、ジュディはなんて差し出がましい質問をしてしまったのだろうと後悔した。

フランシスは全く気にしていないようだった。「つくるつもりがなかったんだ」

昼食は楽しかった。フランシスは子供の扱いをよく知っていて、エマはフランシスをとても気に入ったようだった。

デザートはおいしいストロベリー・ショートケーキで、これがジュディの得意料理《ピエス・ド・レジスタンス》だった。食事が終わるとエマはフランシスにブランコを見せるんだと言い張り、二人はサン・ハウスで追っかけっこをして遊んでいた。

ミセス・ハドソンは今日初めてフランシスに会ったのだが、ジュディに意味ありげなまなざしを送って言った。「とってもすてきな方ですね。それに忍耐力がおありですわ」

「そうね。あなた、彼がミス・ヒリンドンのお父さんだってこと知ってる?」

「ええ、存じておりますわ」

「それに彼はここにいるべき人じゃないってことも?」

「なぜですの?」

ジュディはうつむいた。「わかってるでしょう! 彼には奥様がいらっしゃるのよ」

ミセス・ハドソンは皿洗いに忙しかった。「でも、奥様には関係のないことじゃありません?」

ジュディはミセス・ハドソンをじっと見つめた。「あなたに何が言えて? 何もわかってないのに」

すのよ」

ミセス・ハドソンは首を振った。「私はベッドを共にした男と女のことをよく知ってま
ジュディはぎょっとし、息がつまるかと思った。

「ミスター・ヒリンドンは夕食もご一緒ですか?」

「私――ええ――いいえ、そうじゃないと思うわ」

ミセス・ハドソンは微笑んだ。「そんなにびっくりなさらないで。私、そんなにたいしたことは言わなかったと思うんですけど」

ジュディは肩をすくめた。「私、うれしいのよ――だってしゃべる人がほかに誰もいないんですもの」

ミセス・ハドソンの顔に笑いが広がった。「私のことはご心配におよびません。口にチャックをしておきますから」

「本当?」ジュディも笑った。「ああ、ミセス・ハドソン。あなたは正しいわ。彼はすてきな人よ」

午後のお茶にフランシスとエマが戻ってきた。フランシスはラウンジのソファに沈みこんで、「君は僕をへとへとにしちゃったね!」とエマにこぼしたが、エマはすぐにテレビの前に座り、スイッチをひねった。

「プレイ・スクールの時間よ」と微笑みながらフランシスに言った。「本当に疲れちゃっ

たっていうわけじゃないでしょう？　フランシスおじちゃま」

「冗談はやめてくれ！」フランシスは大仰に肩をすくめてエマを見た。「僕には午後中、庭を走り回るっていう習慣はないんだよ」

「あら、おじちゃまのためになるのよ」エマはいつも自分に言われている言葉をフランシスに言った。

「それはどうもありがとう」とエマに返事して、お茶のワゴンを押して入ってきたジュディを見上げた。「僕のお茶、ある？」

「もちろんよ。ところで夕食はどうなさる？」

フランシスの顔からおどけた表情が消えた。「今夜はルイーズと出かけなくちゃならないんだ。木曜日はブリッジの日なのさ」

「気にしないで」がっかりする気持を抑えて、ジュディは言った。

フランシスはジュディの手をとり、「ああ、ジュディ！」ともどかしげに叫んだ。「君がいてほしいと言うなら、僕は帰らない」

ジュディは手をひっこめた。「お砂糖、入れる？」

「二つ」と言ってフランシスはため息をついた。「どこか、おいしいものを食べにいこう、今週中に。あの竜《ドラゴン》がこないうちに」

サンドラ・ローソンのことを言っているんだわ。ジュディの唇はぴくぴくけいれんした。

「土曜日はどう？　すばらしい夜になるよ。ドレスアップして町へ出てこないか？　エマちゃんの世話はきっとミセス・ハドソンがしてくれるさ」

「そうね」ジュディは乾いた唇を舌でぬらした。「とってもすばらしい――わね」

「きっとそうなるさ」

「いいわ、じゃあ、あなたがお帰りになる前にミセス・ハドソンに頼んでおかなくっちゃ」

「それがいい」と、フランシスはティーカップをとった。「大丈夫。すぐにその日が来るさ」

　フランシスが帰ってしまうと、ジュディは激しい罪の意識を感じた。その夜、いったんエマを寝かしつけてから、ジュディはキッチンへ行った。ミセス・ハドソンはディナー用の皿を洗いあげて、ジュディの方を見てにっこりした。

「何かご用ですか、奥様」

「ちょっとおしゃべりをね」とジュディはため息をつきながらふきんをとりあげ、皿をふき始めた。

「そんなことなさらないでください」家政婦は叫んだ。「お話しになりたいのならお話しください。でもお皿をふくのは私がやりますわ」

「手伝いたいのよ」とジュディは気取らずに言った。

「私——私、話し相手がいないのよ」

「エマちゃんはもうおやすみになりまして？」

「ええ、もうくたくたになっちゃって。今日はとても精力的に動き回ったから」

「ミスター・ヒリンドンもきっとそうですわ」とミセス・ハドソンは短く笑って言った。

「すっかりくたびれていらっしゃいますわ！」

ジュディは微笑んだ。「フランシスとエマはとてもいいコンビだと思わない？」

「ええ、そうですわね。あの方には少年のようなところがおありですわ」

「でも彼はパメラの父親なのよ」

「そうでしたわね」

「あなたはパメラが好きじゃないの？」とジュディはミセス・ハドソンの口調を敏感に察して聞いた。

ミセス・ハドソンはゆがんだ顔を近づけて言った。

「え——、そうですね、私の好みには合いませんわ」

家政婦はふきんを絞って乾燥板をふき始めた。「でもきっと私は間違ってますわ。ロバート様はあの方をとてもお好きのようですもの」

「あなた、ロバートを知ってるの？」

「おやおや、もちろん存じあげておりますわ。私、以前、あの方のお母様のところで働いておりましたから。もうずいぶん昔のことですけど、あの方もマイケル様もまだよちよち歩きのころですわ」

「本当?」ジュディはその話にひかれた。「ああ、続けて! 話してちょうだい」

「マイケル様のことでしょうか、奥様?」

ジュディの顔は赤くなった。「二人ともよ」

ミセス・ハドソンは肩をすくめた。「え――、お二人とも手に負えないいたずらっ子でしたが、私の覚えているのはそれくらいですわ。ご存じのように年子でいらして、それはもうやんちゃでしたの」

「あなたも若かったんでしょうね」

「ええ、十七か十八でした。ペンバートンの大奥様のお世話をしていたんですよ」

「神様、本当に、世界ってなんて小さいの!」

ミセス・ハドソンはうなずいた。「ロバート様がこの家をお買いになって家政婦をお探しのとき、まっすぐに私のところにいらっしゃったんです」

ジュディは背の高いキッチンのスツールに腰をかけた。「最近、みなさんによく会う?」

「ときどき、いらっしゃいますよ、私が結婚してからも。夫のブリアンが死んだときもとても親切にしてくださいました」ミセス・ハドソンは遠い昔を思い出すように目を細めた。

「お二人ともとてもすてきな坊っちゃまでしたわ」

「そう」ジュディは頭をかしげた。「私がロバートと婚約してたの、ご存じ？」

ミセス・ハドソンは皿洗いを終わり、手をふいていた。「ええ、存じ上げていますわ、奥様。私も結婚式に招かれておりましたもの」

ジュディの頬は真っ赤になった。

ミセス・ハドソンはため息をついた。「婚約が取り消されるなんて、夢にも思いませんでしたわ。ロバート様がベネズエラへ行っておしまいになって、それで終わり、だなんて」

ジュディはスツールからすべりおりた。「ロバートが決めたことなのよ」

「つまり、ベネズエラへ行くことですか？」

「そうよ。それに婚約の取り消しも」

「でも、ロバート様は行かなければならなかったのではありませんか？　奥様。何かアクシデントがあったと聞きましたんですが。なんでも部下の方がお亡くなりになったとか」

「ええ。グァバ渓谷計画で」

ミセス・ハドソンはこの話題に夢中になっていた。

「それでロバート様はお出かけになった……」

「行く必要はなかったの」ジュディは冷静に言った。

ミセス・ハドソンはあわてて言った。「ああ、そのことは存じませんでしたわ、奥様。

結局、誰かほかの人を送るのが危険だったんじゃありません？　ロバート様はその仕事のすべてをご存じの唯一の方でしたもの。亡くなった方を除けば」

ジュディは肩をすくめた。「ずいぶん昔のことね」

「ええ。それに奥様はロバート様を愛することがおできにならなかったのでしょう？　ロバート様が帰国なさる前に、マイケル様と結婚してマレーシアへ行っておしまいになりましたもの」

「ロバートは私との結婚式のちょうど一週間前に行ってしまったのよ」ジュディは口がこわばるのを感じた。「あなたのご主人がそんなことをしたら、どうする？」

「むずかしい質問ですわ、奥様。ベネズエラへの旅が原因で仲たがいなさったんですか？」

「そんなこと言ってないわ」

ミセス・ハドソンは肩をすくめた。

「もうそのことについて話し合うのはやめましょう。いいこと？　仕事はもうおしまいにしてちょうだい。何か欲しくなったら自分でやるわ」

「はい、奥様。ありがとうございます」ミセス・ハドソンはエプロンをはずし、引き出しにしまった。

「ちょいと一時間ばかりミセス・フィールディングのところへ行ってきたいんですが」

気がして、九時には憂うつな気持のままでベッドにもぐりこんでしまった。

「いいわ」ジュディはラウンジへ行ったが、一人でテレビを見るのもばかげているような

サンドラ・ローソンは土曜の朝予告もなしにやってきた。

スーツケースをおろして立ったままサンドラは言った。「反対なさるとは思いました、ミセス・ペンバートン。でも今まで借りていたアパートの家主が今日中に出てほしいって言うものですから。ホテルに泊まってむだ遣いするよりは、と思いまして、やってきましたの。一日ぐらい、どうってことありませんわね？」

ジュディは困ってしまった。「私——そうね——ミセス・ハドソン？」

家政婦はゆったりした肩をすくめた。「ベッドの用意もできていますし、何の問題もございませんわ、奥様」

サンドラは家政婦を値ぶみするように見ていた。「あなたがミセス・ハドソンね。ミス・ヒリンドンにあなたのうわさをよく聞いたわ」

「さようでございます、お嬢様」

ジュディは黙って二人を見ていたが、やっと口を開いた。「ミセス・ハドソン、ミス・ローソンにお部屋を見せてさしあげて。それからコーヒーをちょうだい」

「かしこまりました」

ミス・サンドラはスーツケースを置いたまま、さっさと二階へ上がっていき、ジュディはためらっていたが、肩をすくめてスーツケースを持ち上げると、決して優雅とはいえない格好で、二階へ運んだ。不幸の始まりのように思われてならなかった。

ジュディはラウンジに立って、ぼんやりと窓の外を見ていた。いやなことが次々と起こりそうな予感がした。今晩はフランシスとの約束の日なのに。サンドラにわからないように出かけるのは無理ね。それに、フランシスはパメラの父親なんだから。けれども、問題はそれだけじゃないわ。

サンドラがここへ来たからには、出かけたり、最初の晩のように一人になることはできないだろう。それに、ミセス・ハドソンにエマをみてもらうという約束はどうなるのだろう？　エマはきっとサンドラのことをあまり好きにはならないだろう。考えれば考えるほど混乱してきて、誰かに心のうちを聞いてもらいたい気持だった。

エマが、真っ赤な顔をし、体じゅう泥だらけにしてかけこんできた。「タクシーで来たのはだあれ？」

「ミス・ローソンよ、おちびちゃん」

「でもマミー。あの人明日のはずじゃなかった？」

「そうよ。ミス・ローソンもそのつもりだったの。でも約束が変わったのよ」

「どうして？」エマは顔をゆがめた。「今日、お勉強しなくちゃいけない？」

「何を言うの。まだ二、三日は始められないでしょう。ほら、あなたの靴をごらんなさい！　ひどいわ！　家の中にいるのなら、スリッパにはきかえてきなさい」

エマは機嫌悪そうに、足どりも重く部屋を出ていった。かわいそうなエマ！　短い間にいろいろなことが起こって。はじめはラトゥーン、それからクアラルンプール、ロンドン、そして最後にソープ・ハルム。エマはすべてのことが決まりきった日常に落ち着くことを疑い始めているのではないかしら？

衝動的に、ジュディはロンドンのロバートのアパートの電話番号を回していた。ハルバードがでたので、「ミセス・ペンバートン、いらっしゃる？」と言ってしまった。

「申しわけございませんが、今朝ほどから外出していらっしゃいます。お帰りになったらお伝えしておきますが」

ジュディはためらっていたが、「いや、いいの、いいのよ。たいしたことじゃないから。ハルバード、ありがとう」と言った。

「さようでございますか、若奥様。ところで、もう落ち着かれましたか？」

「だいたいね。じゃあ、さようなら」

受話器を置いてから、唇をかんで、数分間じっと電話を見つめていた。ロバートはまだアメリカから帰ってきてないんだわ。ジュディは電話帳をとりあげて、ヒリンドン家の電話番号を調べた。思い切ってフランシスに電話しようかしら？　でも、パメラかルイーズがでたらどうしよう?

そのとき、ジュディはフランシスの会社のことを思いついた。きっと彼、オフィスにいるはずだわ。

ヒリンドン・コーポレーション・ビルの交換嬢はとても上品だった。「今、ビルの中にいらっしゃいますが、電話にはお出になりません。ただ今会議中なものですので。ご伝言いたしましょうか?」

「ご都合のおよろしいときはいつなのか、ということを聞いていた、とお伝え願えますか?」

「少々お待ち下さいませ、ミス」

電話を切り替える間、ジュディはいらいらして待っていた。すると、手も顔もすっかりきれいになったエマが、暖かそうなスリッパをはいて戻ってきた。

「誰にお電話?」

「気にしないで」とジュディはしかめっ面をした。

「おばあちゃま?」

「いいえ、静かにしなさい」ジュディはため息をついた。いったいどのくらい待たせるつもりなんだろう?

突然フランシスの穏やかな声が電話線を伝わって聞こえてきた。「ジュディ? 君なの？」

「フランシス！」ジュディはほっとしてソファの腕に座りこんだ。「まるで王様にお電話したみたいよ。ずいぶん待たされたわ！」

フランシスはくすくす笑った。「うん、会議中だったものだから」とやさしく言った。

「ごめんなさいね。おじゃまだったかしら」

「ばかなことを言わないでくれ」フランシスは心憎いほど落ち着いていた。「何か悪いことでも？」

ジュディは力なくエマを見て、それから言った。「ええ、今話すことはちょっとできないの。でも、今日、ミス・ローソンがここに来たわ」

フランシスは無頓着だった。「それで？」

「だから、だめになったのよ」

「今夜のことを言ってるのかい？」

「ええ、そうよ」ジュディはため息をついた。「ああフランシス、私、どうしたらいいの？」

「もちろん、僕と夕食に出かけるのさ。ほかにどうするんだい？」

「でも、どうやって？　ミス・ローソンはあなたのことを知ってるのよ」

「それがどうした？」

「フランシス、お願い！」

「いいかいジュディ。前にも説明したろう？　僕は君と会ってるのを誰に知られてもかまわないんだ。でも心配なのは君のことなんだ」

「ああ、フランシス！」ジュディは受話器をしっかり握りしめた。

「いい考えがある。今日の午後、パメラをそっちへ行かせて、サンドラを家へ招待させるんだ。ロバートもいないことだし。どう？　この考えは」

「ああ、すばらしい考えだわ！」とそのとき、サンドラ・ローソンが部屋に入ってきた。

「私――えーっと――行かなくちゃ」

「わかったよ」フランシスは笑った。「なんてややこしいことになってしまったんだい、本当に」

電話を切ると、ミス・ローソンの方を振り返った。「どう？　落ち着いた？」

サンドラは長椅子に腰をおろして、「ええ、ありがとうございます」それからエマを見つけて、「ハロー、エマちゃん！　私たちお互いに知り合わなくちゃね」と言った。

「ええ」エマは疑わしげな目を向けた。「ここに住むの？」

「ええそうよ。あとで勉強部屋を見せてちょうだい。マミーが用意してくださったんでしょう？」

ジュディは咳ばらいをした。「あの、実のところまだなのよ。私――いや――ミスター・ペンバートンは部屋の飾りつけを私の好きなようにしていいっておっしゃって、この部屋とダイニングは終わったんだけど、二階は三つのベッドルームが終わっただけなの。しばらくの間、この部屋かダイニングで間に合わせていただけない？」

サンドラは眉をひそめた。「では、ダイニングを使います。テーブルのないところでは勉強できませんし。でも勉強にはちゃんとした机が必要ですわ」

「来週中にでも町へ行って、エマにぴったりの机を選んでくるわ」

「でも奥様はここへいらして一週間におなりでしょう？」サンドラは横柄にたずねた。

「ええ、そうよ」ジュディはミセス・ハドソンがコーヒーを持ってくるのを見てほっとした。「ありがとう。ここに置いてちょうだい」

「かしこまりました」と言って、ミセス・ハドソンはエマの方を見た。「パイをつくるお手伝いをしてくださいますか？」

「ええ、いくわ。私にできる？」とエマはとび上がったが、サンドラはエマをとめた。

「エマちゃんと私はお互いにわかり合おうとしているところなのよ、ミセス・ハドソン」

ミス・ローソンはぴしゃりと言った。

ジュディは顔をしかめて三人を見ていた。「その時間はたっぷりあるじゃないの、サンドラ。行きなさい、おちびちゃん」

エマは家政婦のあとからスキップして出ていき、サンドラは脅迫するような目でジュディを見た。「私の教育方針に反対するおつもりなんですか！」

ジュディは首を振った。「エマにミセス・ハドソンの手伝いをさせるのはあなたの教育方針に反対してることにはならないわ。あなた、着いたばかりじゃないの、サンドラ。エマにそんなに厳しくしないでちょうだい」そのあとにこうつけ加えたかった。（私にもね）でも、ジュディは黙っていた。

それからあとの二人の会話は木で鼻をくくったような具合だった。サンドラは権利を侵害されたと思ってまだむっとしていて、ジュディはこの女性とこれから暮らしていく年月のことを思い、それに耐える自信は全くなかった。

フランシスの約束通り、パメラがやってきた。サンドラと二人だけにしておいて、ジュディはキッチンへ行った。エマは庭で遊んでいた。

「今晩、どうなさるおつもりですか？　奥様。やはりお出かけになるんですか？」ミセス・ハドソンが言った。

「ええ。今朝、フランシスに電話したの。彼は、午後パメラをここへよこしてサンドラに会わせれば、パメラがサンドラを夕食に招待するんじゃないか、と考えたの。あの二人は古い友だちだし、今、ロバートがいないから」

ミセス・ハドソンはくすくす笑った。「なんて遠まわしなことをなさるんでしょう」

「ええ。でもサンドラが来た最初の晩に、エマを彼女のもとに残しておきたくなかったの」

「そうですわね。でも奥様はあの方がお好きでないのに、どうしてここへ来させたんですか？」

「ロバートの考えなのよ。私じゃないの。ロバートはエマの法律上の後見人だもの」

「ロバート様はその役割には最適の方ですわ」

「でも、私はエマの母親なのよ！」

「それはもうわかっておりますが、子供には父親が必要なんですよ」

ジュディはため息をつき、ドアの方へ歩いていった。

「私、お風呂に入るわ」

ジュディは、サンドラが今晩パメラの家に食事に行きたいと申し出るのを聞いてほっとしたが、パメラが「あなたも一緒にいらっしゃいよ、ジュディ。ダディーも出かけていて女ばかり四人になるじゃない。いろいろおしゃべりしましょうよ」と言うのには困ってしまった。

あんな人たちとしゃべったって、面白くも何ともないわ。しかしジュディは慎重に言った。「実は――今朝昔の友だちから電話があって、今晩、あちこちに電話しなくちゃいけないの。だから家をあけるわけにはいかないのよ」

パメラは眉をひそめた。「そう。その古いお友だちって私の知ってる人？」

「たぶん知らないと思うわ。バレリー・スミスよ」

パメラは首を振った。「じゃあ、サンドラ、行きましょう」

車の音が遠ざかっていくのに安心し、ジュディはぐったりしてラウンジへ戻ってきた。エマがジュディの膝の上へよじ登り、抱きついて言った。「ミス・ローソンと一緒に住まなくてもよくなればいいのに。そう思わない？　マミー」

ジュディはため息をついた。「あの人はただの家庭教師よ、エマ。あの人が来たからって何も変わりはしないわ」

エマはミス・ローソンの到着がかなり負担になっているようだが、ジュディがデートの支度を始める前に眠ってしまった。ジュディは長袖のえりぐりの深いクリーム色のシンプルな上着を着て、ほっそりとしたヒップラインとウエストを強調したタイトなロングスカートをはいた。イギリスへ着いたときよりもちょっと太って、そのドレスはジュディにぴったり合っていた。

フランシスは七時過ぎにやってきた。「君はいつ見てもすてきだね」

二人は町でも一流のレストランで食事をした。フランシスのところに挨拶にきた何人もの人がジュディの方をあからさまな好奇心で見たりするとき、ジュディの心は動揺した。「そんなに心配しなくても大丈夫さ」フランシスはやさしく叱った。「君が気にしてるような関係には見えないよ。君と僕は二十以上も年が違うんだよ」

ジュディはテーブルごしにフランシスの手に触れた。「年なんて関係ないわ。あなたは全然老けて見えない。どうしてかしら？」

フランシスはにやりとした。「何度も言うように君は僕にとってすばらしい人だよ」

二人はダンスを踊った。スローテンポの音楽に身を委ねて、ジュディはフランシスの腕の中でゆったりとした気分になっていた。フランシスに愛を感じている自分に気づき始めていた。

フランシスは真夜中近くにジュディを送ってくれたが、ジュディはお茶に誘わなかった。それが何であれ、この甘くやわらかいまどろんだような状態では、フランシスに対する感情を自分でも見誤ってしまいそうだった。フランシスが私に触れずにいることができるとは思えない。でも私から誘ったりできないわ。そんなことをしたら、きっとあとで後悔することになるもの。

フランシスはジュディが家の中へ入るのを見届けて、帰っていった。ラウンジにはまだ明かりがついていた。ミセス・ハドソンがテレビの深夜映画を見てるんだわ。そっと中をのぞきこむとジュディは驚きの声をあげた。ランプのともった暖かく心地よい部屋には、まるでそれを証明するかのように、ロバートが長椅子の上に大儀そうに伸びてぐっすり眠っていた。

8

ジュディは眠っているロバートのくつろいだ顔をしばらくの間じっと見下ろしていた。目のまわりにはくまができていて、すっかり疲れ切っているようだった。

上着は無造作に肘掛椅子の背に投げかけてあり、靴は暖炉の前の敷物の上に脱ぎ捨てられていた。葉巻とライターはよごれたコーヒーカップと一緒に長椅子の横のサイドテーブルの上に置かれていた。コーヒーはミセス・ハドソンが気をきかせて持ってきたのだろう。でも、ロバートはここでいったい何をしていたのかしら？　なぜここへ？　アメリカからはいつ帰ってきたのだろう？　今日の午後？　そんなはずはないわ。だってパメラも知らないようだったもの。

ジュディは静かに部屋に入ると、長椅子のところまで行った。ロバートはネクタイをゆるめ、シャツのカフスを折り返していた。シャツのボタンははずれていて、茶色の毛でおおわれた胸がのぞいていた。突然、ロバートに抱きつきたいという衝動がジュディをおそった。けれども、ロバートが目を覚ませば、あの冷たい皮肉たっぷりの表情に、心は言葉にならないほど荒廃するだろうことがジュディにはわかっていた。

ジュディがじっと見ているのに気づいたのか、ロバートは目をあけて、だるそうに目をしばたたいた。ジュディは固くなって、じっと立ったままでいた。

「ジュディ！」とロバートは叫んだが、まだまわりのことがわかっていないようだった。そして片方の肘で体を支えて、今どこにいるのか一生懸命に思い出そうとして顔をしかめていたが、「ああ、僕の頭は！」とうめいて、またクッションに頭を沈めた。

ロバートの額に手を当てると、燃えるように熱かった。にもかかわらずロバートはジュディの手をとり、唇を押しつけた。ジュディはロバートの腕の中で震えていた。ロバートは自分が何をしているのかわかっていないようだった。

「ロバート」とジュディはロバートからのがれようとして冷淡に言ったが、ロバートはジュディの背中に手を回し、容赦なく自分の方に引き寄せた。そして唇を強引に押しつけた。ジュディはだんだん体の力が抜けていくのを感じ、最後には自分の方からしがみついていった。

「君を愛したい」とロバートはジュディの髪の中に顔を埋めて、かすれ声で言った。「もう止めることはできない。君は僕の気を狂わせている！」

ぴったりくっついているロバートの体はジュディを強く誘惑した。その誘惑に負けてもいいような気がした。ロバートの好きなようにしてほしかった。しかし、エマのことを考えると、そしてロバートの情熱が理性を圧倒するままにさせておくとどうなるのかと考えると、その瞬間の気分は壊れていくのだった。

ロバートの力が弱まったとき、ジュディはやっと腕から脱け出して長椅子に身を投げ出した。ロバートはジュディが髪や服を直しているのを寝ながらじっと見ていた。

「何がいけないんだい？」とロバートはざらざらした声で言った。「夜遅く来すぎたのかい？　君の望みはフランシスだけなのかい？」

ジュディは息をのんだ。怒ってロバートにクッションを投げ、本を投げつけた。「どうしてそんなことを言うの？」

ロバートはジュディが投げるものを受けとめ、立ち上がった。頭が痛そうで、ふらついていた。かなりまいっているようだった。「なんでまたあんな男と出かけたんだい？　僕に仕返ししようっていうのかい？」

「あなたにですって！」やわらかい上着の下でジュディの胸はどきどきした。

「そう、僕にだ」とロバートは髪をかきあげた。「ああ、ジュディ。ほかの男のことなんか考えないでくれ――」と急に口をつぐんだが、「フランシスに恋してるのかい？」とやっと言った。

ジュディは手のひらを頬に押しつけた。「とんでもない、違うわ」

「君はマイケルにだって恋してたわけじゃなかったんだ」ロバートは激しい口調で言った。

「ああ、ジュディ、その上僕がベネズエラから帰ってきたら、君とマイケルはもうマレーシアへたってしまっていた。もう、二人とも殺してやりたいぐらいだった！」ロバートは苦しそうに頭をかかえた。「ああ、頭が痛い、割れそうだ！」

ジュディはためらっていたが、キッチンへと急いだ。たしか、ミセス・ハドソンがキッチンにアスピリンを置いていたはずだわ。

ジュディがアスピリンのびんとコップを持って戻ってくると、ロバートはまたソファの上に伸びていた。「眠ってからどのくらいになるの？　本当に眠ったという意味よ。長椅子の上でのうたたねなんかじゃなくて！」

ロバートは片方だけ目をあけた。「わからない。二日――たぶん三日だろう」

「でも、どうして？」

「眠れないのに何時間もベッドに入ってころげ回ったりすることはないだろう？」

「そんなのナンセンスだわ！　あなたは疲れ切っているのよ」

ロバートはため息をついて、アスピリンをとった。三錠ほど口にほうりこんで、口いっぱいの水を飲み込むと、苦しそうに顔をしかめた。それからまたクッションにもたれかかり、ジュディの方を弱々しく見て、「迷惑かけてすまない」とロバートは自嘲気味に言った。

ジュディは大声で言った。「ちっとも迷惑なんかじゃないわ！　でも、どうしてここへ来たの?」

ロバートは目を閉じた。「君に会いたかったんだ。ハルバードに電話のこと、聞いたよ。君に何か起きたんじゃないかと思って、心配になったんだ」

ジュディは頭を垂れた。「ごめんなさい」

ロバートは目をあけた。「何かたいへんなこと?」

「いいえ、サンドラのことで、ちょっと。彼女、私がフランシスと出かけたのを知ってると思うわ」

ロバートは頭を左右にゆっくりふって、ふたたび目を閉じた。「いや、サンドラは知らない。僕は九時半ごろ着いたんだが、サンドラが帰ってくるまでミセス・ハドソンといろいろ話をしたんだ」

ジュディは眉をひそめた。「パメラは?」

「パメラがどうしたっていうんだい?」

「サンドラはパメラのお家で食事をしてきたのよ。パメラがサンドラを送ってきたんじゃない?」ジュディは肩をすくめた。「あなたがここにいるってこと、おかしいと思わなかったのかしら?」

ロバートはまた目をあけた。「たぶんね。でも、パメラは僕に逆らわないほうがいいってことを知ってるのさ」

「それにサンドラはあなたを見て何と言ったの？」

「ハロー、さ」

「またわざと鈍いふりをして！」ジュディはロバートに背中を向けて出ていこうとしたが、ロバートはジュディの指に自分の指をすべりこませた。

「いや、違うんだよ」とロバートはかすれ声になった。「今、パメラのことなんかしゃべりたくないんだ」

ジュディは疑わしそうにロバートを見た。「サンドラに私がどこへ行ってると言ったの？」

「何も。ミセス・ハドソンがちょっと外出してるって説明してたよ。それにサンドラは僕を見てもたいして驚かなかった。あの娘《こ》はそんな娘さ」ロバートはぼんやりとジュディの指をもてあそんでいた。「君は僕を追い出すつもりかい？」

「どこへも行っちゃだめよ！　今日はここで眠らなくちゃ！」

「どこで！　君のベッドでかい？」ロバートはジュディの指をしっかり握りしめた。

「ええ、私のベッドでよ。二階へ行ける？」

ロバートは顔をしかめてジュディを見た。「僕は病人なんかじゃないよ」

「わかってるわ」ジュディは部屋を出ると、振り返らずに二階へ上がっていった。

自分の部屋に入ると、今朝ミセス・ハドソンがかけてくれた新しいシーツを折り返し、枕の下から夜着をとった。そこへロバートが現れた。青白くげっそりした顔をして、だるそうに脇柱にもたれていた。

「何か必要なものがおあり?」

「君だけだよ。こっちへおいで」

「今はだめよ。ベッドへ入って」

ロバートが全く遠慮なしにシャツのボタンをはずし始めたので、ジュディはあわてて部屋から出た。

エマの部屋をのぞくと、エマはぐっすり眠っていた。ジュディは音を立てずに中へ入り、すばやく洋服を脱ぎ、夜着を頭からすっぽりとかぶった。エマの横にすべりこむと、エマが「マミー?」と眠そうにつぶやいて、小さな手でジュディを探した。「そう、マミーよ」安心させるように手を握り返してジュディは言った。


ジュディもエマも次の朝遅くまで寝ていた。エマはジュディの暖かい体のほてりを心地よく感じながら眠り続けた。

エマが目を覚ましてごそごそするので、ジュディはやっと眠りから覚めた。ジュディは驚いたような小さな顔に眠たそうに微笑《ほほえ》みかけた。

「マミー、どうしてここにいるの?」

ジュディは伸びをした。「気になる?」

「ううん。でも、どうして?」

ジュディは腕時計を見てびっくりした。もう十時を過ぎていた。「それはね、ベッドをほかの人に占領されたからよ」

「だーれ?」エマは興味津々といった顔で聞いた。

「ロバートおじ様よ」とジュディはあくびをしながら答えてバスルームへ行った。数分後にジュディが出てくると、エマの姿はなかった。エマがどこへ行ったかはわかっていた。早くとめなくては。

けれどもジュディが自分の部屋まで行くと、ドアは閉まっており、中をのぞいても、ロバートがベッドの上でぐっすり眠っているだけだった。ロバートが自分のベッドであんな安らかに眠っているのを見ただけで、ジュディはうずくような恍惚を感じた。去りかねてぐずぐずしていたが、昨夜のことを思い出し、部屋を出て、静かにドアを閉めた。

エマはキッチンにいた。ミセス・ハドソンは朝食の用意をしながらぶつぶつ言っていた。ジュディが「何をしてるの?」と聞くと、家政婦はあきらめ顔で言った。「ミス・ローソンが三十分ほど前に、なぜ朝食の用意ができてないのか聞きにきたんですよ。だから説明してあげたんです。あなたは朝早く起きなかったし、昨晩は出かけていたからって……」

ミセス・ハドソンはため息をついた。「どっちみちあの人が言いたいことは、いつもすばらしい朝食をとっているってことで、この私がオートミール、ベーコンエッグ、トーストにコーヒーの盆を持っていくんですよ！」

ジュディはもつれている髪を直しながら、「わかったわ」と言い、エマの方を見た。「ロバートおじ様の部屋に入った？」

エマはうつむいていたが、「ええ。でもおじちゃまは眠っていらしたから、そっと出たのよ。起こしちゃった？」

「運よく起こさなかったようね」

ミセス・ハドソンに「ロバート様はここにお泊まりになったのですか？」と聞かれて、ジュディは真っ赤になった。「そうなの。ロバートは疲れ切っていて、私が帰ったときにはラウンジの長椅子でぐっすり眠っていたの」

「ええ。ロバート様は昨晩七時半ごろニューヨークからお戻りだったんですって。アパートへ帰ると、すぐにこちらへ車を飛ばしてこられたようですわ」

「驚いたでしょう？」

「それはもう、奥様。思ってもみなかったものですから」と、注意を料理のほうへ移して、「さあできあがり」と、盆の上にハムエッグとトマトをのせた。

ジュディは唇をかんでいたが、「それ、私に貸して。どうせ着替えなくちゃいけないの。ついでにサンドラのところへ持っていくわ」と、家政婦から盆を受け取った。「エマ、あなたはここでオートミールを食べなくちゃだめよ」

サンドラ・ローソンは着替えをすませて、化粧台に向かって手紙を書いていた。ジュディが入っていくと、サンドラは驚いたように目を上げた。「ありがとうございます。でも、ミセス・ハドソンが持ってくるんじゃなかったんですの？」

「ミセス・ハドソンはルーム・メイドじゃないのよ。それにどっちみち私、ついでがあったから」

「そうですの、ありがとうございます、ミセス・ペンバートン」サンドラの笑顔は凍りついていた。

ジュディはサンドラのあからさまな視線を感じながらドアの方へ歩いていった。そのときサンドラは言った。「ところで、昨日の夜、ミスター・ペンバートンがいらっしゃったのをご存じですか？」

「ロバートのこと？」とジュディは部屋着のポケットに両手をつっこんだ。「いいえ、知らないわ」

サンドラは顔をしかめた。「ロバートさんの車が出ていく音が聞こえませんでしたもの。奥様がお帰りになったとき、まだいらしたんじゃありません？」

「そうよ」ジュディはドアの把手をつかんだ。「実はロバートは帰らなかったの。彼はこの家で眠っているわ！」とドアを閉めて、あとはサンドラには好きに考えさせよう、とジュディは思った。

ロバートが起きてきたとき、サンドラは散歩に出ていて、エマは霜のおりた凍った庭で遊んでいた。ジュディはミセス・ハドソンの手伝いをして昼食の用意をしていた。もう十二時近くだった。ロバートはよく眠れたようで、昨夜のようなひどくやつれた顔をしてはいなかった。けれどもジュディを見るロバートの目の中には敵意があった。家政婦の方を見て、「コーヒーを頼むのには遅すぎるかな?」と言った。

「いいえ、そんなことありませんわ。今朝はよくおやすみになれたようですわね」

「うん」と、ジュディの方を見た。「おはよう、ジュディ」

「おはよう」ジュディの唇はひきしまった。

ロバートはミセス・ハドソンの方にうなずいて姿を消した。ジュディの脈は速くなった。

ミセス・ハドソンはコーヒーと砂糖とクリームを盆にのせ、それに、オーブンから出したばかりのバターとジャム付きの熱いスコーンを加えた。

ジュディはエプロンの下のデニムのスラックスと小麦粉でよごれたブルーのセーターを見下ろした。

「ひどい格好ね」

ミセス・ハドソンは盆をジュディの手の中へ押しやった。「お持ちになるんでございましょう?」

ロバートはラウンジにいた。グレーのタウンスーツを着て、不精ひげをのばしているロバートはとても近づきがたいように見えた。ジュディが入っていくと、「ありがとう。それを食べたらすぐ帰るよ」と言った。

「コーヒーを入れましょうか?」

ロバートは肩をすくめた。「頼むよ」

ジュディは長椅子の端の方に腰をおろし、コーヒー・カップをとりあげた。コーヒーを満たし、砂糖壷をすすめた。ロバートは自分で砂糖を入れた。

「迷惑をかけてすまない」冷ややかな声だった。

「迷惑って? 私のほうから泊まってと頼んだんじゃないの」と、目を上げ、「よく眠れて?」と聞いた。

「わかってるくせに」

ジュディは頭を垂れた。「それはよかったわ」

「君はどこで寝たんだい?」

「エマと寝たの」

「そう」と、ロバートはコーヒーを飲みほすと、「もう行かなくちゃ。君をベッドから追い出したこと、あらためてあやまるよ」

「それであやまってるつもりなの?」ジュディはみじめだった。

　そのとき、エマが走って部屋へ入ってきた。「ロバートおじちゃま！　ロバートおじちゃま！」と叫んでロバートに抱きついたが、顔をしかめて言った。「もう、行っちゃうの？」

「うん」

「どうして？　マミー、どうして？　おじちゃまは行かなきゃいけないの？」

「そうよ、おちびちゃん」とジュディはのどが締めつけられるようだった。

　ロバートは小さなエマを抱きしめた。「またすぐに会いにくるさ」

　エマはうつむいた。「ああ、ロバートおじちゃま、お願いよ！　今朝おじちゃまのベッドルームへ行ったんだけど、マミーに起こすのをとめられたの。それなのにもう行っちゃうなんて！」

　ロバートは眉をひそめた。「ミス・ローソンがいるだろうに――」

「私、あの人、嫌いよ！」

　サンドラは音もなく廊下に立って、こちらを見ていた。ロバートはサンドラに気づいて、「おはよう、ミス・ローソン」と努めて丁寧に言った。

　サンドラはエマの言ったことを聞いたに違いない。今はそれに気がつかないふりをしているけど。「おはようございます。ミスター・ペンバートン。私、村を散歩してまいりましたの。とても寒いんですけど、すてきなところですわね！」

「きっとそうだろうね」ロバートはかすかに微笑んだ。

ロバートに微笑み返すと、サンドラはエマの方を振り向いた。「何をしていたの?」

「べつに」エマは反抗的だった。エマがこんな態度を見せたのは初めてのことだった。そして、絶望的な目をしてロバートの方を見上げたが、長いまつげには涙が光っていた。

「お願い、ロバートおじちゃま、行かないで!」

ロバートはためらっていた。ぎこちなくジュディの方を見たが、ジュディは肩をすくめるだけだった。

「あなたさえよかったら」

「ええ、いてください」と思いがけないことにサンドラが言った。「実は、そうなさると思いましたので、出かけるときパメラに電話して、ここへ来るように言いましたの」

「なんてことを!」ジュディはあえいだ。

「落ち着くんだ、ジュディ」ロバートはサンドラに向かって言った。「君はパメラに僕がここにいるって言ったんだね?」

サンドラは恥ずかしそうにしていた。「いいえ、でも——パメラがとても喜ぶと思ったものですから」

ロバートはエマの頬の涙をふいてやり、奇妙な笑いを浮かべた。「君は自分のしたことが、ここで大騒ぎをひき起こすと思ったんだね、ミス・ローソン」

ものですから」

サンドラは赤くなった。「パメラは私の友だちですわ。こうするのが一番いいと思った
「誰のために？　パメラのためか？　それとも君自身のためか？」

「どういう意味ですの？」

ロバートはまっすぐにサンドラを見た。「君はなんて小さな了見をしてるんだい？　パメラがここへ来て僕を見たとき、どう思うか考えたのか？」

「もちろん――」

「ああ、ミス・ローソン、そうじゃないだろう。パメラは君の思ってるような人間じゃないんだよ。社会的な地位と経済的なことを考えて僕と結婚したいと思ったんだ。正直言って、今パメラが少々わずらわしくなっているのは事実だ。だが、君のしたことは、パメラに恥をかかせるだけなんだよ。パメラが君に感謝するとでも思ってるのかい？」

サンドラは悲鳴をあげた。「どうしてそんなに平然としていられるのですか！　そんなことを認めて……」

「僕は何も認めちゃいないよ。告白することは何もない。ミセス・ペンバートンもそうだ」

「何をしてるの？　ロバートおじちゃま」とエマはいらいらして言った。

「何もしてないよ、ハニー」とやさしくエマを見下ろした。「さあ、行きなさい。もうち

ょっとしたら、ヘビとハシゴのゲームをしてあげるよ」

「すごいわ《スーパー》！」とエマは興奮して部屋を出ていき、ロバートは家政婦の方に振り向いた。

「見ての通りだ」

サンドラは居心地悪そうに、ジュディの方に敵意のこもった視線を投げかけた。「遅いわねえ、パメラは」

ロバートの表情は厳しくなった。「パメラには僕がいつ着いたかを知らせることはない。パメラに会いにいく途中でここにちょっと寄ったということにしておけばいい」

「私に陰謀の片棒をかつげっていうの！」サンドラはたまりかねて叫んだ。

「どういたしまして。僕が君に頼んだのはパメラを面倒から救ってくれってことだけだったんだぜ」

「でも、あなたが――あなたがどこでおやすみになったか――をパメラが気にしないなら、それはそれで問題じゃありません？」サンドラは勝ち誇ったように言った。

ロバートの唇はねじ曲がった。「だが君はパメラに電話したね、ミス・ローソン。パメラがここへ来てこの家にいる僕を見つけるようにさせたんだ。そんなことをした君をパメラが許すとでも思うのかい？」

「あなたは――あなたは卑しい人ね！」サンドラは頭を垂れた。内心の葛藤が顔に表れていた。

「実際的な面だけでさ。それで?」

「わかりました。何も言いませんわ。でもこのことは決して忘れませんから」

「僕もだ」と重々しく答えて、ロバートはエマを捜しに大股で部屋を出ていった。

ジュディは力なく椅子に沈みこんだ。気持がなえていくようだった。あまりにも多くのことが起こりすぎるわ。ああ、エマと二人だけになりたい! 今朝のロバートの態度はショックだった。昨夜はあんなにやさしかったのに!

サンドラの目はジュディを軽蔑していた。「すべてあなたに都合よくなったわね」

ジュディは弱々しく目を上げた。「なんですって?」

「この念入りに凝ったなぞなぞ遊びのことよ! ミスター・ペンバートンがアメリカから帰ったばかりだと装うことよ! 彼はパメラが困っていることなんかちっとも気にかけてないし、私はパメラの友情を失うことになりかねないのよ。彼はあなたを守ることしか考えてないわ!」サンドラの口はねじ曲がった。「なぜだと思う?……」

「もうけっこうよ!」ジュディはぴしゃりと言い放って後ろも見ずに部屋を出ていった。

9

日々は何事もなく過ぎようとしていた。エマだけが日曜日の不愉快な緊張に気づかないようだった。いや、パメラもそうだったかもしれない。

サンドラがみごとなほど自制心を働かせていたのに比べて、ジュディは自然に振る舞うことがおそろしくむずかしいことのように思えた。

昼食のあとでパメラとサンドラはラウンジで話をしていた。ジュディはミセス・ハドソンとキッチンでコーヒーを飲んでいて、エマはロバートと庭で遊んでいた。

地面はダイヤモンドのように硬く凍りつき、ロバートとエマは楽しそうに小道をすべって遊んでいたが、ロバートがバランスを失ってどしんと音を立ててころんだ。エマは興奮してロバートにまたがり、ロバートは笑いながら抗議した。ジュディの心配そうな顔を見て、ミセス・ハドソンはうれしそうに首を振った。「ほら、ね。奥様は心配しすぎですよ。エマちゃんには父親が必要です」

パメラとロバートは別々の車で、オーピントンのパメラの両親の家へ向かった。サンドラは手を振って見送ったが、ジュディはわざと見送らなかった。

二、三日後、エマはサンドラとレッスンを始めた。サンドラは自分で教科書や紙などを持ってきていて、最初の二週間はそれで間に合っていた。

エマはちっとも勉強しようとしなかった。気立てのよいやさしい性質だったが、激しく泣き叫ぶ暴君に変わり、ジュディでさえエマを叱らなければならなかった。

「私にはわからないわ」ある日の午後、ジュディはミセス・ハドソンに言った。「以前のあの子はあれほど学校に行きたがっていたのに」

「家庭教師につくのと学校に行くのは同じではありませんもの」とミセス・ハドソンはいつもの静かな実際的な口調で言った。

「エマちゃんはほかの子供たちとつきあうチャンスがなくて、お寂しいんですよ。それに、ミス・ローソンがここにいる限りこのまま学校へは行けないということをご存じなのですわ」

「でも、ロバートは私の考えに何も賛成しようとしないの」ジュディは興奮してつい大きな声を出した。

「ペンバートンの大奥様はどうお思いなのでしょうか?」と、ミセス・ハドソンは眉をひそめた。

「あの方が私の考えに賛成するなんてありえないことよ。ましてサンドラはあの一家の友人なのよ」

ミセス・ハドソンは頭を振った。「それではどうなさるおつもりですか?」

「わからない。正直いってわからないわ」

「ヒリンドン様はどうなんでしょう? ロバート様にお話ししてくださるわけにはいかないんでしょうか? ロバート様もヒリンドン様の言うことならお聞きになるんじゃありません?」

「そうかしら。そうは思えないわ」

家政婦はため息をついた。「困りましたね。でもなんとかしなければ。あの小さなエマちゃんは毎晩泣きながらおやすみになりますもの」

「ええ」ジュディはため息をついた。

「それにサンドラはエマがレッスン中に不作法だってしじゅうこぼしてるし」

「ええ、でもそれはお互い様なんじゃありません?」

「確かにそうね。わかったわ。フランシスに電話するのが一番いいようね」

ジュディはフランシスのオフィスに電話した。フランシスはいつも通りジュディの声を聞いてうれしそうだった。「今度はいつ会えるのかな?」

「実はフランシス、あなたの助けが欲しいのよ」

「助け?」フランシスは驚いたようだった。

「ロバートに話してほしいの。エマの教育のことで考え直してほしいって。エマは村の学校へ行きたがっていて、やんちゃばかりするの」

「わかった。そこへ行ってエマに直接話したほうがいいかな?」

「そうしないほうがいいと思うわ。もちろんあなたに来ていただければエマも喜ぶと思うけど、あなたが帰ってしまってから……」

「うん、君の言うことわかるよ」フランシスは何か考えているようだった。「でも、今、ロバートと僕はちょっと――。ロバートはこの前の日曜日に家に来たんだが、僕にかなり荒っぽいことを言うんだ」

ジュディは息をのんだ。「どんなこと?」

「わからないかな? 君をかまわないでくれってことさ。僕のむかつくような行為に気づき――もう腕をこまねいて君の人生が破滅するのをほうっておくわけにはいかないって言うんだ」

ジュディはぎょっとした。「ああ、ごめんなさい」

フランシスは面白がっているようだった。

「うん、まあ、あのときは僕も少しおかしくなっていたんだが、あとでよく考えてみると、彼は君のために一番いいと思ってあんなことを言ったんだと思うよ。彼は君――君たち二人にとても強い責任を感じている。今、僕は彼とパメラとの結婚がどうなるのか、ちょっと心配なんだ」

「どういうこと?」ジュディは身震いした。

「そう——ロバートは君に対して道義的責任以上のものを感じている。でもそれはくだらんことさ、そうだろう? だって彼は君との婚約を解消したんだもの」

「ええ」ジュディは下唇をかんだ。もうフランシスに電話した本当の理由を忘れかけていた。「でも、ロバートに話してくださるんでしょう?」

フランシスはためらっていたが、ついに言った。「君がそう言うなら」

「そうしていただきたいの」

「わかった。彼は明日家へ来ることになってるから、そのとき言うことにしよう」

「ありがとう、フランシス。ありがとう」

「感謝することはないよ。まだ何もやっちゃいないんだから」

この電話のことを告げると、ミセス・ハドソンは喜んでくれた。「ヒリンドン様は説得力のあるお方ですよ。奥様もご存じの通り」

ジュディはにっこり微笑んだ。「そうよ。でもロバートは、彼が土曜日に私を誘って外出したことでフランシスをとがめたみたいなの」

家政婦は眉をつり上げて、「本当ですか?」と、にっこり笑った。「そうでしょう、そうでしょう」

「どういう意味なの？」

ミセス・ハドソンはケーキの材料を計るために、はかりのバランスを点検しながら首を振った。「私には関係のないことでございますわ、奥様」

「言いかけておいて、やめちゃうの？」ジュディはスツールに腰かけた。「ああ、もしロバートだけでもエマを村の学校にやるのに賛成してくれたら。エマには同い年の友だちができるのに――」

「それにあの家庭教師も出ていくでしょうし！」

「ええ、もちろんよ」とジュディはため息をつきながら同意した。「私にはエマがわからなくなったわ。前はとても良い子だったのに」

ミセス・ハドソンはボールに小麦粉をふるいながら言った。「おばあ様やロバート様がささいなことで大騒ぎなさるからですわ。まだたったの五歳じゃありませんか、奥様。環境の変化のことを考えただけでも、慣れるのにもう二、三カ月はかかりますわ！」

「それじゃあ、エマはだめになっていると思う？」ジュディは心配だった。

「とんでもない！　ただ、足元を見ることが大事だと思うんです」

「ロバートが来るといつもエマが大騒ぎをするのはどうしてだと思う？」

ミセス・ハドソンはゆがんだ顔を引き寄せた。「エマちゃんはロバート様を心のよりどころにしておいでですわ。いえ、私が思っている以上かもしれません。エマちゃんはとってもロバート様になついていらっしゃって、しじゅうロバート様のことばかりお話ししていらっしゃいます。もちろんヒリンドン様のこともお話しになりますが、エマちゃんのお気に入りはロバート様だと思いますわ」

ジュディは目の奥がうずくのを感じて、手で顔をおおった。「わかったわ」

「ロバート様がマイケル様のご兄弟でいらっしゃるからでしょうかしら」

「ああ、あなたの言ってることはよくわかるわ」

「どうお思いになります？」

ジュディは肩をすくめた。「なぜ？――何も」

ミセス・ハドソンは小麦粉だらけの手をエプロンでふいた。「奥様はロバート様とご結婚なさるべきでした。そうしたら、ロバート様はエマちゃんのお父様でしたのに――」

「ばかなこと言わないで」

「いいえ、ロバート様がベネズエラへおたちになる前にご結婚なされればおよろしかったのに」

「あなたはその事情をどこまで知ってるの？」

ミセス・ハドソンはため息をついた。「ロバート様が話してくださいました。この前の晩に」

「そうなの」とジュディはスツールからすべりおりた。「何か——何かほかのこと、ロバートは言ってなかった?」

「何も。ただ奥様がロバート様の出発のことを聞いて気が動転なさったと」

「そうなのよ」

「奥様はロバート様と一緒にいらっしゃるべきでした。ロバート様の奥様として」

ジュディは体が凍りついたようだった。

「私たち口論したの……今思えばばかなことをしたと思ってるんだけど、あのときはそうしなければならないように思えたの」ジュディはため息をついた。「私、まだ十九だったんだもの」

ミセス・ハドソンは砂糖を計っていた。「それからどうなったんです?」

ジュディはいらいらしてきた。「今さらそんなことを掘り返してみて何になるの? 時間のむだよ」

「いいえ。しゃべると気持が落ち着きますよ」とミセス・ハドソンは静かに言った。「奥様はこのことをあまりお話しになっていらっしゃらないようですわ」

「マイケルにだけよ」ジュディは遠くを見るような目をした。

「そうですか」ミセス・ハドソンはうなずいた。

「ロバートは私たちが別れた夜に何が起こったのかあなたに話した?」

「いいえ」とミセス・ハドソンは卵を割りながら、「私なんぞに打ちあけなさるものですか」と言った。

「それもそうね」

「どうしてロバート様とお知り合いになられたのか、教えてくださいましな」

ジュディは肩をすくめた。「会社の上司の紹介よ。もちろんそれ以前にも彼のうわさは聞いたことあったけど」

「それから?」

「私、ロバートにちっとも関心がなかったの。私、あんな類の女、つまり旧式な言葉づかいをするような女じゃなかったものだから」

「そうですか」と家政婦はやさしく微笑《ほほえ》んだ。「どうぞお続けになってくださいまし」

「ロバートはとても熱心だったの。私が働いていたハーベイさんのオフィスに来るのにいつも口実をつくって。ほかの女の子たちは彼のこと注意しなさいって言ってくれたんだけど、私、彼がどんな人か、知ってたの。いつでも自分の思い通りにする人よ」ジュディはため息をついた。「あるとき、とうとうロバートは私に結婚を申し込んだわ!」ジュディは力なく首を振った。「信じられなかった。もしかしてそれは私をベッドへ誘う策略かとも思ったんだけど、違ったわ」

「それから何が起こったんですか?」

「決まりきったことよ。私をお母様のところへ連れていって——あのころはリッチモンドにいらしたの——ああ、あなたご存じね。お母様は私が気に入らなかったようなんだけど、ロバートが真剣なのがわかって、結婚の準備が整ったってわけ。私は両親とも交通事故で死んで、孤児院で育ったの。だからミセス・ペンバートンがすべてやってくださったの。あのベネズエラの事件が起こったのはそのときなのよ！」

「それですべてが終わりっていうわけですか？」

「そう」とジュディは後ろを向いてしまった。もうこれ以上話したくなかった。思い出すだけでも心が痛い。

けれども、その夜遅くお風呂につかっていると、その会話がよみがえってきて、いつでも過去を後悔している自分を感じるのだった。足を洗いながら、ジュディはあの晩の出来事を思い出していた。あの晩、ロバートはグァバ渓谷計画のためにベネズエラへ行かなければならないと告げたのだった。

あの日、いつものように二人は町で会った。二人の好きな小さな行きつけのレストランで夕食を共にしただ。ジュディは、ちょうどあと一週間でミセス・ロバート・ペンバートンになるという幸せに酔っていて、ロバートがいつもより無口なことに気がつかなかった。

けれども食事が終わって、ロバートがリッチモンドの家に行こうと言ったとき、ジュディの心にわけのわからない恐れがわいた。この幸せが消えるのではないかと、不吉な予感がした。

車の中でジュディは何がいけなかったのかいろいろ考えをめぐらした。心あたりはなかった。間違ってなんかいないわ、とジュディはひとりごちた。

リッチモンドの家は大きく、専用の庭園があり、裏の方には何面ものテニスコートとプールがあった。ロバートの父親が建てた家で、ロバートもマイケルもここで大きくなったのだった。ルーシーはいつでも家にいたが、ジュディを歓迎していないことはわかっていた。私をわざわざここへ連れてこなければならないほどのことが起こったんだわ。

ジュディはいやいやながら車を降りた。「ねえ、どうして私をここへ連れてきたの？ロバート」

「とにかく中へ入れよ。飲み物が欲しいんだ」

重厚な家具の備えられたホールを通り、ラウンジの方へ歩いていると、キッチンから、ルーシーの家政婦のミセス・ハギスが驚いたような顔をして出てきた。「今晩はお泊まりかと思っておりました、ロバート様」

「そのつもりだった」とロバートはそっけなく言った。「かまわないでくれ、ミセス・ハギス。何もいらないから。行っていいよ」

「かしこまりました」と言いながらも、家政婦はジュディの方に疑わしそうな目を向けて、しぶしぶ戸を閉めた。

ジュディは長椅子の後ろに立って、ロバートがスコッチをつぐのを見ていた。ロバートはいらだたしげに振り返って、言った。「コートを脱いで座れよ。じゃまするものはいないから」

「ねえ、どうして私をここへ連れてきたの?」ジュディの顔は不安に満ちていた。

ロバートは表情をやわらげた。「そんなに心配そうな顔をするなよ、ジュディ。誰にもじゃまされないで話せる場所に行きたかったのさ。それだけだよ。こっちへ来て、座ってくれよ」

ジュディはコートを脱ぎ、やわらかな錦織りのカバーの長椅子に腰をおろした。

「何か飲む?」ロバートは酒のボトルを指さした。

「いいえ、けっこうよ」ロバートが要点だけを言って、それでおしまいにしてくれればいいのに、とジュディは思った。その話が何であれ!

ロバートはジュディの心のうちを察し、あの濃いグレーの目でジュディを見下ろしていた。ジュディは立ち上がって、ロバートの体に腕をまきつけたかった。早くロバートに安心させてもらいたかった。

とうとうロバートは口を開いた。「悪い知らせがあるんだよ、ジュディ」

「悪い知らせですって!」冷たい手で心臓をぎゅっとつかまれる思いだった。「どんなこと? マイケルのこと?」

「いや、マイケルのことじゃない。昨日、モーランがベネズエラで死んだんだ」

ジュディは思わずのどに手をあてた。「モーランが？　あのデニス・モーラン？」デニス・モーランはペンバートン・カンパニーのエンジニア・コンサルタントだった。

「そう、モーランはグァバ渓谷計画で働いていたんだ。その仕事のこと、聞いたことある？」

「なんとなく」ジュディは思い出そうとした。「あなたが最初に始めた計画じゃなくて？」

「そうなんだ」とロバートはうなずいた。

「お気の毒にね。でも、それとあなたとどういう……」

「わからないのかい？」ロバートの顔はくもった。

「ええ、そ——それだけなの？」

ロバートは大きくため息をついた。「この計画はすでに期限を過ぎてるんだ。間もなく雨季がやってくるんだが、それまでにダムができていなくちゃいけないんだよ」

ジュディは息をつめた。「それで？」

ロバートはもどかしげにうめいた。「わからないのかい、ジュディ？」

「私に何を言ってほしいの？」とロバートを見つめた。「どうしてモーランが死んだことが私たちに関係あるのかわからないわ！」

「わからないのかい？　それともわかりたくないのかい？」ロバートは背中を向けて向こ

うへ行くと、マントルピースに腕をのせて、頭をもたせかけた。

「わかりきったことじゃないか！」ロバートは抑えた声で続けた。「僕はそこへ行って、その仕事の完成まで監督しなければならないんだよ！」

ジュディは仰天して立ち上がった。「ベネズエラへ行かなくちゃならないの？」

「その通り」

「でもなぜあなたが？」もうジュディは数日後に迫った結婚式のことを忘れていた。

「君がさっき言ったように、この仕事を最初に始めたのは僕なんだ。それをモーランが引き継いだ」

「でもそうだとしても、そこにはほかのエンジニアがいるじゃない――どういうことなの？　何を言いたいの？　いつ行くの？」

ロバートの顔は険しくなった。「僕は――二日か三日以内に行かなければならないんだ――」

「そんなことできないわ！　ロバート、忘れてしまったの――？」

「忘れるわけないだろう？」ロバートは荒々しく言った。「これが君をここへ連れてきた理由なんだ。いいかい？　僕は正直に言ってるんだぜ。僕の立場をわかってほしいんだ――」

「あ、あ、あなたの立場ですって！　私の立場はどうなるの？」ジュディは肩をすくめた。「そんなことできないわ。誰かほかの人は？　どうしてあなたじゃなくちゃいけないの？」

「冷静になるんだ、ジュディ」ロバートの声は重苦しくジュディにのしかかった。「考えてもみろ！　僕がベネズエラへ行きたいとでも思うのか？」

「私にはわからないわ」

ロバートはため息をついた。「もちろん君にはわかってるはずだよ。僕だって君と一緒にこっちにいたいよ。君と結婚したい！　ずうっと君が欲しいと思っていたんだ、本当なんだ」

「わからないわ！　もう行ってちょうだい！　言い訳はもう終わったんでしょう！」

「言い訳なんかじゃない、理由だよ！　君のためにはっきり言ってるんじゃないか。この仕事は僕が計画したものなんだ。すべて順調だったのに、ダムの爆発でモーランが死んでしまった。責任が僕にあるのはわかりきってるのに、どうして他人を行かせることができるんだい？」

ジュディは指を組んだりはずしたりしていた。「でもね、ロバート。今は特別なときよ。ああ、結婚の準備はすべて整っているというのに。取りやめることなんかできないわ。来週のことなのよ」

「取りやめようというわけじゃない。ただ、延期するのに賛成してもらいたいだけなんだ」

「延期ですって！」ジュディは神経質に唇をかんだ。

「そんなことに承知できると思うの？　あなたがこの仕事で行ってしまうということは、私たちは——終わってしまった——ということじゃないの！　延期するってことは結婚を取り消すってことだわ」

「ばかなこと言うのはやめろ！」とロバートはいらいらして言った。「そんな長い間じゃない。ひと月か——たぶんふた月さ」

「ふ、ふた月ですって！」ジュディは背中を向けた。「誰かほかの人をやってよ」

「だめだ」ロバートの決心はゆるがなかった。「ジュディ、僕は一生懸命説明しようとしたよ。信じてくれないのなら、もうどうしていいかわからないよ」

ジュディはうつむいた。「どうやって信じたらいいの？　お母様はこのことをご存じ？」

「うん、知ってるよ」

「さぞお喜びになったことでしょうね」

「ジ、ジュディ！」ロバートは胸からしぼり出すような声で叫び、ジュディの肩に手を置き、自分の方を向かせようとした。

「触らないで！」

「ジュディ、どうしたんだい？　僕がまるで結婚から背を向けようとしてるみたいじゃないか！」

「違うっていうの?」

「違うさ!」

「私、帰る」

「ジュディ!　このままで行かせるわけにはいかないよ。延期の通知を出す準備はできてるんだし」

「家に帰りたいのよ!」とジュディは繰り返した。

「何でもお好きな準備をなさるといいわ。どっちみち私には関係のないことなんだから。どうせあなたのお母様がなさったんでしょう」

ロバートは髪をひっかいた。「ジュディ、落ち着いてくれ!　君を愛してるよ。こう言ってもだめだっていうのか?」

「そうね」とジュディはあざけるように言った。

「どういうことだ?」

「もし本当に私を愛しているのなら、こんなことできるはずないわ!」とジュディは訴えるような目でロバートを見つめた。「ロバート、お願い、誰かほかの人を行かせて。ピーターズとか――そう、ライオネル・グラント」

「だめだ。ジュディ、行かなくちゃならないんだ。わかってくれ!」

「絶対に、いや!」ジュディは感情的になっていた。そのときジュディの頭の中には、日曜日に、ロバートの母親に作ってもらった華やかなレースのドレスを着て、白いブーケをもって、セント・マーガレット教会の側廊を歩くことができなくなるということや、カリブ海へのハネムーンが夢に終わってしまうということしかなかった。それはあまりに子供っぽいことだったが、ロバートに比べると、ジュディは――そのとき――まだ子供だったのだ。

ロバートはまるで自分の要求を現実化する言葉を探すように、絶望的にあたりを見回した。「ジュディ、君は僕にこんな仕打ちはできないはずだ」ロバートの声はかすれて震えていた。「僕は――ああ、君が必要なんだ!」

「あなたが？　それを信じろっていうの？」

「どういうことなんだ？」ロバートはジュディをにらみつけた。

「いいえ、何でもないわ」ジュディは、ロバートも我慢の限界にきているということに気づき始めていた。「家へ帰りたいの。送ってくれる？　それとも駅まで歩いていって汽車に乗らなくちゃならない？」ジュディはコートをとった。

ロバートは立ったまま、目に激しい憎悪を浮かべてジュディを見つめていた。「まだ帰さない」とロバートは怒りを爆発させた。ジュディの二の腕をつかむと、体をねじって引き寄せた。ジュディはぴんと張っているロバートの硬い筋肉を感じた。ロバートはジュディの唇に唇を重ねた。それは今まで感じたこともないほど荒々しいキスだった。ジュディの体はロバートを求める気持を抑えきれず、唇がかすかに開いた。頭をおこしたときのロバートの緊張、目の中の冷たささえも全く気づかなかった。「どうだ?」とロバートは言った。「僕と結婚したくないって言ってみろ!」

ジュディはロバートをじっと見ていた。私はいつまでもあなたを待ってるわ、と言いたくてたまらなかった。けれども、ロバートの言い方がとても小馬鹿にしたようだったので、力なく肩をすくめ、もがき、こぶしをふりあげてロバートの鋭い褐色の顔に浮かんでいる軽蔑の色をさんざんなじってやりたかった。「そうよ、あなたと結婚なんかしたくないわ!」ジュディは力の限り叫んだ。「私――私、あなたが憎いわ!」

ロバートの目はくもり、強引にジュディの頭の後ろに手を回し、唇を押しつけた。キスは、ロバートの怒りと軽蔑を表しているように、荒々しかった。

ロバートのしつような愛撫に、ジュディは絶望的な抵抗を試みていた。それは勝つ見込みのない戦いだった。ロバートはジュディよりずっと強かったし、彼は女をものにすることにかけては名うての男だった。けれどもロバートはジュディの純潔を尊重してジュディの体には手を出さなかった。ジュディが自分の妻になり、自由に愛せるようになるまで待つつもりだったのだ。しかし、もう我慢の限界を越えていた。ロバートの口づけは今までにないほど深く、長かった。コートは肩からすべり落ち、ジュディの静脈には熱く炎が燃え、体じゅうをその炎がかけめぐった。ああ、ロバート……ロバート……。

ジュディは風呂からあがって体をふいていた。六年前のあの晩のことを思い出して、不安になり、心の奥がうずいた。

ロバートだけではなく私にも責任があった。でもあのとき、すべての責任はロバートにあると思いこんでいて、ロバートがあやまろうとしたときも耳を貸そうとはしなかった。ロバートがいくらあやまっても罪の償いになんかなりはしないと思い、まるでロバートが悪魔であるかのように、家から逃げて帰ってしまった。

償いをする日が二、三日ロバートに残されていたが、それは出発のための準備にあてられた。ルーシー・ペンバートンは悲惨な結末を避けようと、みずからジュディのところへ出向いたが、ジュディは耳を貸そうとしなかった。今さら結婚式の延期のことや、結婚のプレゼントについて聞きたくなかった。結局、ルーシーは、すべての責任はジュディにあるとして、とても腹を立てて帰っていった。

そのあとでロバートがジュディのアパートへ来た。自分を承服させるためにやってきたのだということはわかっていた。ジュディはいまだに、ロバートがベネズエラへ行く計画をあきらめたのではないかというはかない希望にしがみついていた。けれども、ジュディがドアを開けてロバートを迎え入れたときのロバートの言葉は、ジュディの淡い期待を無残に打ち砕いた。

ロバートは目のまわりと口の横に疲労のくまをつくっていた。ロバートは今すぐに役所へ行って婚姻届を出そうと言った。とめるものは何もなかった。種痘と注射さえ受ければ、ロバートについてベネズエラへ行けるのだ。ジュディにとってそれが最後の望みだったはずだ。ロバートは償いをしようとしている。良心の呵責《かしやく》なしに結婚の申し込みなどできるわけないわ。でもなぜベネズエラ行きを私に打ち明けたその晩に結婚を申し込まなかったんだろう？　なぜ今まで待っていたんだろう？

　そのあとジュディはまたロバートと激しい口論をしてしまった。私の頑固さが二人の間をすべて壊してしまったんだわ！

　ロバートとのことはもう終わった、と思った。ロバートがベネズエラへ出かけたことや、仕事委託のため結婚が延期されたという短い記事を、ジュディは新聞で読んだのだった。これはルーシー・ペンバートンの面目を保つためだけのことだ、ということをジュディは知っていた。もう決してふたたびロバートやあの家族には会うまいと決心したのだったが、運命はあくまで皮肉だった。

　ロバートが出発したあとの二、三週間、ジュディは秘書の仕事を探し回った。しかし、ペンバートン家の人々に会うことはできなかった。ロバートと別れた心の痛みを、毎晩コンサートに行ったり映画に行ったりすることで紛らわした。アパートに帰ると何もせずにベッドに入るだけの毎日だった。

ジュディは自分でも驚くほどよく眠った。最初のころは単に疲れていたからだと思っていた。けれどもそのうちに、体に起こりつつある変化にはっきり気づくようになった。しかし、そのときでさえ、ジュディはその事実に気がつかず、ここ二、三週間の出来事が単に体のバランスを崩しているのだと信じようとしていた。朝起きて吐気があったり、もう強いコーヒーの香りを嗅ぎたくないと思ったとき、初めて、ジュディは自分が妊娠していることを知ったのだった。

ジュディはあわてふためいた。両親のいないジュディには頼れる人は誰もいなかった。自分のような状況になった人々を救済する団体のことを聞いたことがあったが、そんなものとかかわりたくなかった。誰か見知らぬ人にすべてを話し、自分をあからさまな同情の目の中にさらすのはこわかった。

むしろ妊娠したとわかったときに、ロバートに面と向かって償いをさせるべきだったのだ。でも、ロバートは子供を自分の手元に置いておきたがるだろうが、また自分を妻に望むことは考えられなかった。

しかしほかに方法もなく、やむなくジュディはルーシー・ペンバートンに、ベネズエラの住所を問いあわせた。ルーシーから返事はなかったが、数日してマイケル・ペンバートンが訪ねてきた。母親の具合があまりよくないので代わりにやってきたと言ったが、そのとき初めて、ルーシー・ペンバートンがロバートに二度とジュディと交際するのを禁じているということがわかった。

自分がロバートの住所を知りたがっている本当の理由を知られたくなかったジュディは、かなり警戒しながらロバートの兄と話した。けれどもマイケルはとても親切だった。ジュディはロバートに一度だけ手紙を書いた。単に自分に会いにイギリスへ帰れるかどうか尋ねただけの手紙だった。

ロバートの返事は、少なくとももう三カ月は帰れないだろうというそっけないものだった。ジュディは放心状態だった。どこへ相談したらいいかわからなかった。その手紙を受け取ってから二、三日後、またマイケル・ペンバートンが訪ねてきてくれたとき、不覚にも涙ぐんでしまった。

ジュディの部屋に入ると、マイケルはジュディを座らせておいて、自分でお茶をいれた。ジュディはマイケルにやさしく勇気づけられながら、すべてのことを語り、マイケルは熱心に耳を傾けていた。そして、ロバートにもう一度手紙を書いて真実を知らせなさいと言ってくれた。真実を知れば決してそんな冷たい返事をよこしはしないだろうとマイケルは言った。

けれどもジュディは変な確信を持っていた。ロバートは赤ちゃんのことを知っても、体裁をつくろうためだけには帰ってきても、もう私のことなどどうでもいいのだわ、と頑《かたく》なに思いこんでいた。

マイケルとジュディはいろいろ話し合ったが、結局、何も知らせないほうがいいという結論に達した。その後もマイケルはしばしばジュディの部屋を訪れるようになったが、マイケルの母親が二人の結びつきに反対するだろうことは明らかだった。けれど、ジュディは彼と会うのがうれしかった。彼と話をしていると、すさんだ心がなごんだ。

ある日、マイケルはジュディに、突然プロポーズした。ジュディは肝をつぶした。こんな考えがマイケルの胸の内にあろうとは！　マイケルを一人の男性として意識したことはなかった。

マイケルは海軍司令部からの連絡で、マレーシア西海岸のラトゥーンに駐在を命じられ、その命令を受けようかどうか迷っているところだった。

結局ジュディを決心させたのは、そこなら誰にも知られずに赤ん坊を産めるというマイケルの言葉だった。ロバートの仕事は長びきそうだったし、イギリスへ帰ってくるまでに結婚していることも考えられる。とにかくジュディはこの悲惨で不幸な出来事を早く忘れてしまいたかった。妊娠した結果だけでなく、ジュディに子供ができたことを知って、なぜ知らせなかったかとロバートにつめよられないようにするには、マイケルのプロポーズは大きな誘惑であり、絶好のチャンスだった。

何年もたってみると、ジュディには、自分がそのとき理由のないパニック、つまり逃げて隠れて、砂の中に頭を埋めてすべてをご破算にしてしまうことができたら、という愚かで臆病な欲望に刺激されて動いていた、ということがわかるのだった。たぶんマイケルは責任を感じていたのだろう。チャンスを与え、一度ジュディの決心がぐらつくのを見ると、ジュディが折れるまで懸命に説得した。

二人は数日後、籍だけを入れるという形で結婚した。マイケルの友だちが証人になってくれた。二人とも事実上ルーシーがこの結婚を認めていないことを知っていた。ルーシーは、なぜマイケルがあんな女と結婚したいと思ったのか理解できなかったし、ジュディの行為を、ペンバートン・ファミリーの裏をかこうとする故意の企てと解釈していた。

二人は結婚してひと月足らずのうちに、ペンバートン家の傘の下から逃れ、ラトゥーンへ向けて出発した。そこでは二人の結婚を正式なものではないと考えるものは誰もいなかった。ジュディは春に子供を産み、マイケルは誰よりも娘の誕生を喜んだ。マイケルは、エマが三カ月になってからようやくジュディとベッドを共にしようとした。ジュディはマイケルの寛大さに感謝していたけれど、ロバートに感じたエクスタシーを感じることはできなかった。

ジュディはバス・ルームで鏡の中の自分を無表情に見つめていた。たぶん、あのときロバートが私より仕事を選んだと信じていたのは恐ろしい間違いだったんだわ。グァバの爆発事件と私のどちらかを選ぶなんてどだい無茶な話だわ。ラトゥーンでのあの幾歳月に、ロバートへの愛情がなくなってしまったと心から思っていたなんて、私は大ばかだわ！単にロバートと別れたつらさを忘れるためにだけ、彼への憎しみの炎をかきたてたのだ。しかし、マイケルがあんなに悲劇的に死んでしまって、こんなに混乱状態の中に投げこまれるなんて、いったい誰が想像したろう。

10

次の朝、十一時過ぎに、サンドラは怒り狂ってキッチンへかけこんできた。「あの子はなんてひどい子なの！　私の教科書の上にインク壺をひっくり返したのよ！」

「まあ、ごめんなさい！　すぐに言ってきかせるわ」とジュディはあやまった。

「ほっといて！」とサンドラの口はねじ曲がった。「もう私がこらしめてきたから」

パンを焼いていた家政婦は目を上げ、ジュディは神経がぴんと張るのを感じた。「どんなふうにこらしめたの？」

「ブランコのひもを切ってやったわ」

「何をしたんですって？」とジュディは窓の方へかけていった。桜の木にぶら下がっているブランコのロープは切られ、灰色の光の中に寒々と不吉な様子で垂れ下がっていた。

「それしか方法がなかったんですもの」とサンドラはひとりよがりに言った。「それとも平手打ちでもしたほうがよかったとでもおっしゃるの？」

ジュディはゆっくりと首を振った。「でも、あのブランコは――あれはエマのお気に入りなのよ」

「その通りです。だからこそああしたんですわ」

ミセス・ハドソンは口をとがらせたが、ジュディは努めて公平になろうとした。エマがわざとインク壷をひっくり返したのなら、罰を受けるのは当然だわ。故意にそうしたのなら……。

「ねえ、それじゃあエマは今どこにいるの?」ジュディはともかく気分を落ち着かせようとした。

サンドラは肩をすくめた。「自分の部屋、じゃないかしら。ところでコーヒー、いただけるかしら。部屋に持っていきたいの。書かなければならない手紙もあるし。全く教わろうっていう気のない子供に貴重な時間を浪費するなんて!」

ジュディは言い返してやりたい衝動を抑えて、サンドラにコーヒーをわたした。家庭教師が行ってしまうと、「まあ、なんて意地悪なことをなさったのかしら、ねえ、奥様」とミセス・ハドソンは憤慨を抑えきれずに叫んだ。

ジュディはため息をついた。「サンドラはそうするのがいいと思ったんでしょうよ。まったく、エマは言うことを聞かなくなってしまって」

ミセス・ハドソンは鼻息も荒く、「たぶん、あのちっちゃなお嬢ちゃんがあんなに楽しそうにブランコに乗っているのをあの人はねたんだんですわ。でも、きっとヒリンドン様がロバート様に適切な忠告をしてくださいますよ。そうなれば私たちもささやかながら平和に暮らせますわ」と言った。

ジュディは驚いてミセス・ハドソンを見つめた。彼女がこんなに熱っぽくしゃべるのを聞いたのは初めてだった。「でもね、あまり楽天的になってもいられないのよ。ロバートは誰にも命令されるのが嫌いだっていうことあなたも知ってるでしょう！」ジュディはドアのところまで歩いていった。「エマが何をしてるのか見にいったほうがいいと思うの」

エマは自分の部屋のベッドにあおむけになって、口をとがらせて天井を見つめていた。ジュディは、サンドラ・ローソンに娘の様子を見にきたことを悟られないように、静かにドアを閉めた。

「何をしてるの？」とジュディは努めて明るく言った。「また悪さをしたって聞いたけど」

エマは鼻をすすった。「先生はブランコを切っちゃったのよ」

「だってあなたは先生のご本の上にインクをこぼしたんでしょう？」

「違うわ！　そんなこと、してないわ！　先生はそう言うけど、私じゃないの。偶然よ！」

「本当？」

「本当よ。先生が私の腕を突いて、それで――インクの壷がひっくり返っちゃったの」

「でも、どうしてインク壷があなたの腕の近くにあったの？」

「私たちテーブルで勉強してたのよ。それで、先生がこっちへ来なさいって言ったから、私、テーブルを回って行ったの。そうしたら――そうしたら……」

「インク壷がひっくり返ったのね」

「そう」

「わかったわ」ジュディはため息をついた。「でも先生はあなたがわざとしたって思ってたみたいよ。お行儀よくしてなかったんじゃない？」

「ええ。でも違うわ」

「どう違うの？」

「私、悪さなんかしてないもの。先生の言う通りにぐるっと回って行ったのよ。そのとき先生が私の腕をついたんで、インクがこぼれちゃったの。先生、とっても怒って、私は小さな鬼だって言うの。ねえ、マミー、私、小さな鬼？」

「もちろん違うわ、おちびちゃん。ミス・ローソンはあわてたのよ。それだけよ」

そう言ったもののやはり、ジュディはそんな言葉を聞きたくなかった。たぶんエマが大げさに言っているのだろうし、先週の日曜日に起こったことで意地悪をするほどサンドラは心が狭くはないと思いたかった。しかし、サンドラがそんな仕打ちをしたということはジュディの心をひどく不安にした。こうなったら、フランシスがロバートをなんとかうまく説き伏せてくれることを願うだけだった。でも、うまくいくかどうか……。

エマの怒った小さな顔を見て、ジュディは話題を変えた。「明日、町まで出かけるっていうプランはどう？　冬のお洋服を見にいきましょう」

エマの頭にはブランコのことしかなかった。「ねえ、マミー、ブランコを元のように戻せる？」

「ええ、できると思うわ」

「今日できる？」エマの顔は輝いた。

「いいえ、今日はだめよ。おちびちゃん」

「いつ？」

「わからないわ。でも、二、三日のうちにね」

「ロバートおじちゃまが直してくれるかしら？」とエマは眉をひそめた。「そうしてくれるといいな。ねえ、マミーはどう思う？」

ジュディはいらだちをやっと抑えていた。結局、何でもロバートがするんだわ！「もし、またおじちゃまがいらしたらね。さあ、顔と手を洗ってきなさい。もうすぐお昼ごはんよ」

昼食後サンドラは出かけたのでジュディはほっとため息をついた。自分を抑圧している存在がなくなると、家の空気は微妙に変化した。ジュディは知らず知らずのうちに電話が鳴るのを待って、ラウンジにいた。きっとフランシスからかかってくるわ。

その日はひどく寒かったが、火のそばにいれば暖かく気持よく、サンドラがティー・タイムに帰ってきさえしなければ、ほっと一息つけるのにと思った。けれどなぜか不吉な予感がしたので、突然ラウンジを出て、ジュディはエマを探しにいった。

エマの部屋はからっぽだった。バス・ルームにもいなかった。今朝サンドラがブランコを切ってしまったことでエマが何かとんでもない復讐をしようとしているのではないかという恐ろしい考えが頭に浮かび、急いでサンドラの部屋へかけていったが、そこはその住人同様、冷えびえとしていた。

そうだ、ミセス・ハドソンと一緒にいるに違いないわ。けれど、下へおりていくと、ミセス・ハドソンは一人で居間にいた。いったい、どこにいるのかしら?

「たぶんお庭でしょう」と家政婦は現実的に答えた。

「ああ、もちろんそうね。庭のことをすっかり忘れていたわ」

「お連れしてきましょう」

灰色の光が庭をおおっていた。かすかな霧が木々にかかり、日が落ちようとしていた。外は息もできないほど寒く、ジュディは身震いした。とても静かだった。エマの姿はどこにも見あたらなかった。

「エマ！」とジュディはたまらなくなって叫んだ。「エマちゃん！　どこにいるの？」

あたりは静まりかえっていた。ジュディは家政婦の方を振り返った。ミセス・ハドソンは困ったように首を振った。「そっちじゃありません?」

「いいえ。ああ、どうしよう! エマはそっちじゃないの?」

ミセス・ハドソンの答えを待たずに、ジュディは狂ったように庭をかけ抜け、みぞれの中でゆっくりゆれているブランコのところへ急いだ。エマはそこに倒れていて、頭には血がにじんでいた。

「ああ、エマ! エマ!」ジュディは泣きじゃくりながら膝をついて、エマの額に手をあてた。ミセス・ハドソンがやってきて心臓に手をあてるのを見て、「エ、エマは――エマは死んじゃったの?」ジュディは血の気を失っていた。

「いいえ、奥様。大丈夫ですわ」ミセス・ハドソンは緊張した声で言った。「でもだいぶ出血していますし、こんな湿った空気では――はやく救急車を呼んでください!」

ジュディはエマのそばを離れたくなくてためらっていたが、ここにいても何もできないことに気づくと、家に向かって走り、ホールをかけぬけ、ラウンジへかけこんだ。指は激しく震え、二度も間違ってダイヤルを回してしまった。そのとき中庭の方に車の音が聞こえ、ジュディは窓の方へ走り寄った。

アストン・マーチンからロバートが降りてきた。彼の褐色の顔はほとんど無表情だったが、今はそんなことはどうでもよかった。エマはけがを、ひどいけがをしている。ロバートならエマを助けられるわ!

ジュディの顔を見ると、ロバートはジュディの腕をつかんでゆさぶって言った。「いったい、どうしたっていうんだい？　ジュディ、何が起こったっていうんだい？」

口ごもりながら、ジュディはロバートに一生懸命説明した。ロバートはジュディを突きとばし、大股で庭へ出ていくと、まっすぐにエマが倒れているところに向かった。ロバートは一瞬こわれたブランコを眉をひそめて見ていたが、気を失っているエマのけがの具合を調べ始めた。

「いったいどうしたっていうんだい？」

ミセス・ハドソンが答えた。「エマちゃんはこの木にお登りになって、この枝から落ちてしまったんだと思います。それで小道の角で頭をお打ちになったんですわ！」

ロバートはうなずいて、立ち上がった。「毛布を持ってきてくれ、ミセス・ハドソン。車でエマを病院へ連れていくよ」

ミセス・ハドソンは目で同意を求めるようにジュディを見たが、ジュディが震えてうなずくのを見ると、あわてて走っていった。ジュディはまたエマの横にひざまずき、エマの小さなぐったりした手をとり、両手で抱いてゆすった。ジュディは涙にむせんでいた。そして、のどがからからになり、ショックで気が遠くなりそうだった。

「ジュディ、しっかりして。あわてても何にもならない。僕と一緒に病院に来るかい？」

「もちろんよ」やっとこれだけが言葉になった。ロバートは羊のコートを脱いでジュディの肩にかけてやり、いらいらしてミセス・ハドソンが戻ってくるのを待っていた。

「ねえ――エマを動かしても大丈夫？」ジュディは心配で心配でたまらなかった。

「骨が折れているとは思えない。ともあれこんな湿っぽいところからどこかへ移さなきゃ」

「本当に、エマは――エマは助かるのかしら？」

ロバートは短く叫んだ。「もちろんさ！　そう、もちろんエマはすっかりよくなるさ」

ロバートも神経をすりへらしたようだった。

家政婦は厚い膝掛けを持って戻ってきた。ロバートは細心の注意をはらってエマをくるんだ。ジュディは思わず流れ出た血のかたまりから目をそむけた。そのとき、ロバートがエマを自分の子だと知らないまま、エマが死んでしまうのではないか、という恐ろしい予感がした。

ファーンボローのちょっとはずれにある病院へ向かう車中は悪夢のようだった。ジュディは膝をまくらにしてエマの頭をのせた。そして時々、傷にあてた小さな綿を取りかえたりした。

ミセス・ハドソンがあらかじめ電話していたので、病院につくとエマはすぐに担架に移されて、運ばれていった。医者はとても親切で、エマの検査とX線撮影が終わるまで待合室で待つように言った。

付添い人がお茶を運んできたが、ロバートはほとんど口もつけず、ジュディは何かをしていたいという気持から、やたらとお茶をついだ。ロバートは、エマは少しはいいだろうかとか、今日は寒いねと言うだけで口をほとんどきかなかったのだが、ジュディは喜んでロバートの話し相手になった。ロバートがいなかったら、一人っきりでどんなに恐ろしい気持をあじわったことだろう。

数分後、看護師が現れた。「ミセス・ペンバートン？　こちらへ来ていただけますか？」ジュディはロバートの方をちらと見た。ロバートは安心させるようにうなずき返した。ジュディは看護師について小さな検査室へ行った。エマがまだ意識を失ったまま担架の上に横たわっていた。

医者が口を開いた。「ミセス・ペンバートン」と言ってジュディの手をとった。

「何か悪いことでも？」不安そうにエマを見ていたジュディは、医者の方を振り返った。

「何ですの？」

「まあ、まあ、ミセス・ペンバートン、落ち着いてください。エマちゃんはすぐによくなりますよ。ただ、輸血が必要なんです」ジュディは息をのんで手を口へ押しつけた。医者は続けた。「不幸なことに、エマちゃんの血液はとても珍しい血液型なんです。RHマイナスのAB型です。ここにはその血液がないので、もっと大きな病院に使いを――」

「ロバートの血液型もそうだわ！」ジュディは大きな声を出した。医者がけげんそうな顔をしたので、ジュディは真っ赤になった。

「ロバート?」

「ええ、ミスター・ペンバートンです。エマの――あの――私の義理の弟なんです」

「本当ですか?」医者の表情はさっと明るくなった。

「ロバートさんが血液を提供してくださる――」

「それは、わかりません。が――あの――たぶん」こう言ってしまってから後悔したが、エマのためだった。エマの生死はジュディが不愉快な思いをすることよりずっと重要なことだった。

ドクター・ミラーは看護師の方にうなずいた。「ミスター・ペンバートンをお呼びしなさい」

ジュディは担架の近くへ行って、エマの血の気のない頬と血によごれた頭をいとおしげに見下ろした。かわいそうに、まだこんなに小さいのに……。みんなあのブランコが悪いんだわ。エマは切れたブランコを直そうとしたんだわ。

ロバートは看護師について検査室へ入ってきた。医者はゆっくりとロバートの方へ近寄ってきて、手に持っているカルテのメモを見てじっと考えていた。「ああ、ミスター・ペンバートン。今、ミセス・ペンバートンに輸血のことをお話ししたんですが、エマちゃんの血液型はとても珍しいものなんです。あなたの血液型はエマちゃんの血液型と同じなんだそうですね」

ロバートはびっくりしたようだった。「じゃあ、僕がエマに血液を提供できるってわけですね？」

「ええ、そうです。もし同意していただけるなら」

「もちろん、喜んで」ロバートはもどかしげにコートのボタンをはずし、カフスをとった。

「すぐにやってください」

ジュディは気が弱くなり始めていた。すべてのことにとても耐えきれなくて、椅子の背でようやく体を支えているという具合だった。ドクター・ミラーはジュディの顔が蒼白なのに気づき、走り回っている看護師に、ミセス・ペンバートンを待合室へ連れていくように指示した。

「いいえ、私、ここにいます」とジュディはのどの奥を締めつけられるような感じをこらえて懇願した。

「ここにいてもおできになることは何もありませんわ」と看護師は安心させるように言った。「さあ、いらしてください。エマちゃんの意識が戻ったとき、奥様が気を失っていらしては困るでしょう？」

ジュディはロバートの方に最後の望みを託すような視線を投げかけたが、ロバートはそれに応えなかった。ロバートは自分の考えを隠す名人だった。

待合室で、ジュディは何時間も待たされたような気がしていたが、実際はそんなに長くはなかった。頭がはっきりしてくると、いてもたってもいられなくなり、今何がどうなっているのか知りたかった。もう血をとってしまったのかしら。ロバートはどこにいるのかしら。ドアを開け、廊下を見渡しても、看護師や付添い人が忙しそうに動き回っているだけで、ジュディに知らせを持ってきてくれる人は誰もいなかった。

と、そこへ若い看護師がやってきた。「こちらへ、ミセス・ペンバートン」と看護師は微笑《ほほえ》んで、「お嬢さんが意識を回復なさいましたよ。お会いになりますか?」と言った。

ジュディは黙ってうなずくと、看護師のあとにしたがって廊下を歩いていった。エマは頭に白い包帯をあてられてはいたが、とても元気になったように見えた。

ジュディはベッドの横にひざまずいて、エマの小さな手を頬に押しつけた。「ああ、エマ!」

エマの唇のすみに微笑みが浮かんだ。「ハロー、マミー」エマは弱々しくつぶやいた。「頭にけがをしちゃった」

「わかってるわ、おちびちゃん。あなたは木から落っこっちゃったのよ。でももう安心よ。みんなとても親切にしてくださったわ」

エマは目を閉じて、また開けた。「知ってるわ。ロバートおじちゃまが話してくれたもの」

ジュディはすばやく病室を見回した。あまりにもエマのことで気が動転していて、ほかの人たちのことを忘れていたのだ。ベッドの脚のところに立って、カルテを調べている医者や、その横に、シスターがいるのに、やっと気がついた。しかし、ロバートがいる気配はどこにもなかった。

ジュディの問うような視線に気づいてシスターが言った。「ミスター・ペンバートンは奥様とエマちゃんが二人きりで会いたいだろうとお考えになったんですよ」

「そうですの」と、ジュディはまたエマの方に視線を移した。「気分はどう？」

「大丈夫よ、たぶん」エマは眉をしかめた。「腕にけがをして、足も切っちゃった」

「たいしたけがじゃありませんよ」とシスターが言った。「何も心配することはないわ。頭のけがが完全に直れば、二、三日じゅうにでもお家へ帰れるのよ」

「二、三日！」エマは叫んだ。「でも私、ここに一人でいたくないわ」

「一人でいることはないわ！」とジュディは叫んで、シスターの方を見上げた。「私、ついていてもいいんでしょうか？」

シスターは眉をしかめたが、「ええ、たぶん今夜だけなら」とゆっくり同意した。「できると思います。エマちゃん、マミーにいてほしい？」

エマはジュディの手をぎゅっと握った。「ええ、もちろん！」

「よくわかりました。手続をしてまいりましょう」とシスターが病室を出ていくと、医者が近づいてきた。「さあ、小さな貴婦人。これで、木に登るってことがどんなばかなことかわかったろう?」

エマは唇をかんだ。「私、木から落ちたの?」

「ええ、そうよ。でもその話はあとでしましょう」

「そう。君はまた、もう少し寝なくちゃね」医者はとてもやさしかった。「心配しないで。目が覚めたときもマミーがここにいてくれるからね」

廊下へ出ると、ジュディは医者に聞いた。「ミスター・ペンバートンはどこでしょう?」

「待合室じゃないですか。お泊まりになるのなら、そのことを説明なさったほうがいいでしょう」

「え――ええ。そうですわね」ジュディはためらっていたが、そうしなければならないことはわかっていた。

ジュディはすぐに待合室へ引き返した。ロバートは椅子に座って、雑誌を見ていた。

「エマは今鎮静剤を打ってもらって、眠っているわ」

ロバートは雑誌をほうり投げ、立ち上がった。「わかった」ロバートの顔はそれを聞いても晴れなかった。ジュディはしばらくちゅうちょしていたが、やっと口を開いた。「お医者様が泊まってもいいとおっしゃったんで、そうすることにしたの。あの……家に帰って、私たちのものを少し持ってきてくださる? ミセス・ハドソンが荷物をつくってくれるはずだから」

「わかった。ところで、エマ――エマはよくなったの？」

「ずいぶんよくなったわ。私――私、とってもあなたに感謝してるわ」

「もういいんだよ」と、ロバートは少しの間下を向いていたが、「一つだけ知りたいことがあるんだ。どうして僕の血液型がエマのと同じだってわかったんだい？」

ジュディは真っ赤になった。「マイケルが話してくれたの」

ロバートの表情は厳しくなった。そして苦しそうな声を出した。「お願いだ、ジュディ、教えてくれ。どうしてマイケルじゃなくて僕のと同じなんだい？　とても珍しい血液型なんだぜ！」

「どうして……どうしてそんなこと私にお聞きになるの……わかるはずがないじゃない……」

ロバートはジュディの肩をしっかりつかんで言った。「ジュディ、真実が知りたいんだよ。本当は、エマは僕の子供なんだろう？」

11

ジュディはじっとロバートを見つめていた。心ならずも医者に血液型のことを言ってしまったときから、こうなることは予期していたことだったが、いざその場に直面して、ジュディの心は波立ちを抑えきれなかった。

「あなたにそんな質問をする権利はないと思うわ」と、ようやくジュディは口を開いた。

「権利？　権利だって？　もちろんあるさ。エマが僕の子だとしたら、知るのは当然だろう」

ジュディはロバートから逃げようとした。「どうしてそんなこと言えるの？　私のために考え直してもくれずにベネズエラへ行ってしまったくせに！」

「それは違う！」ロバートの指はきつくなり、ジュディのやわらかな肉にくいこんだ。

「ああ、神様、僕をお許しください。でもあれは君のためだったんだ！　君はマイケルと結婚してしまった。僕を待たずに。ベネズエラから帰ったとき、君がこの世を去っていてくれることを願ったよ。信じてくれ！」

ジュディは震えていた。落ち着こうとしたが、ロバートの肌が触れると、体の奥深いところで、感情がかき乱された。「私――私、あなたに手紙を書いたわ」ジュディは口ごもった。「あ、あなたに帰ってきてほしいと。あなたに会いたいと」

「でも理由は何も書いてなかった！」ロバートは、かみつかんばかりだった。「どう答えればいいんだい？　何か変わったことがあったのかい？　僕はグァバに行かなければならなかったんだ。爆発の原因を究明しなければならなかったんだ。それなのにいったいどうしてすべてを投げ出してイギリスへ帰ることができたというんだ？」今や、ロバートの顔も声も緊張していた。「ジュディ、君があの夜、家から飛び出していったとき、僕がどんな気持だったか君にわかるか！　君がプロポーズを僕の顔に投げ返したとき、僕がどんなに苦しんだのか君には決してわからないだろう！　僕は君を愛していたんだ！」

ジュディはロバートの視線に耐えきれず、「すべてもう終わったことだわ」とやっと言った。

「僕にとっては違うんだ！」とロバートはどなりつけるように言って、ジュディを揺さぶった。「まるで昨日のことのようだ。あの晩、僕が苦しまなかったとでもいうのか！」

ジュディはゆっくり首を振った。「私から子供を奪うためにそんなことを言ってるんじゃないって、どうして私にわかるの？」

「ジュディ！　マイケルはエマに対する責任を僕に残してくれた。僕にはどんな方法をとってもエマの人生を指図する権利がある。どうしてマイケルがそんなことをしたと思うんだい？」

　ジュディはロバートに背を向け、自分の肩を抱きしめた。

「わからないわ。全然わからないわ」

「いや、君にはわかってるはずだ、ジュディ。お願いだ、ジュディ、エマは僕の子だと言ってくれ！」

　ジュディは振り返り、ぶるぶる唇を震わせて言った。「よくわかったわ、ロバート」ジュディは叫んだ。「エマはあなたの子よ！　でもあなたは決してそのことを証明できないわ！」

「本当か！」とロバートはびっくりするほど大きな声を出した。「おお、何てことだ！」

「もうゲームはやめて、ロバート。私はもう子供じゃないわ。あなたは以前私を軽蔑していたし、今だって私を、あなたの子の面倒を見るのにふさわしい人間だとは思ってないんでしょう？」

　ロバートはジュディの方へ歩もうとしたが、思い直したように踵《きびす》をかえして部屋を出ていった。ジュディは一人残された。みじめだった。

　次の朝、ミセス・ハドソンがエマに会いにやってきた。ジュディは病院の狭いベッドでうとうとしていた。ミセス・ハドソンの人の心をなごませるような個性的な温かさがあたりの雰囲気を変えた。エマはすぐに家政婦が持ってきたジグソー・パズルに夢中になった。

今朝のエマは顔色はあまりよくなかったが、血の気が全くないというほどではなかった。

ミセス・ハドソンはジュディに非難のまなざしを送った。「いったい昨日の夜、何があったんです？　ひどいお顔をしていらっしゃいますわ！」

ジュディはため息をついた。「別に……ただちょっと眠れなかっただけよ」

「それだけですか？」ミセス・ハドソンは舌打ちした。「私の目がふし穴だとでもお思いですか？　心配事がおありですね。それもエマちゃんのご病気以外のことで」ミセス・ハドソンは居ずまいを正した。「それにロバート様だって！」彼女は目をつり上げた。「昨夜病院から帰っていらしたときのロバート様ったら。それはもうひどいお顔で！　私、今はミス・ローソンのことを気の毒に思ってるんです」

「ミス・ローソン？」

「ええ。サンドラ・ローソンですわ。あの方、今朝出ておいきになりました」

「サンドラが何かしたの？」ジュディはびっくりして言った。「なぜ？」

「理由はいろいろだと思いますけど」とミセス・ハドソンは唇をかんだ。「一番の理由は、エマちゃんが村の学校へいらっしゃるからだと思いますわ」

ジュディは思わず息をのんだ。新しいおもちゃに夢中になっていたエマも驚いて目を上げた。「本当？　マミー、本当なの？」エマは興奮していた。

「ミセス・ハドソンがそう言うんだから。でも……でも、なぜ？　ロバートがそう言ったの？」

ミセス・ハドソンは得々として話し出した。「いえ、ラウンジの話し声を偶然聞いてしまったんです。そのあとでミス・ローソンが話してくださったんですが、あまりはっきりしたことは――」

「それで、私、学校に行くことになるのね」エマが横から口を出した。

「そうね。でも……ロバートはヒリンドンさんのことは言わなかった？」

「いいえ、奥様。ロバート様は病院からお戻りになったときご機嫌が悪く、お家へ帰られるときもあまりよくおなりではありませんでしたもの」

「少なくとも私たちは目的を達したわね」

ミセス・ハドソンはうなずいた。「そうでございますわね。ロバート様だってあの人をお好きだったとはとても思えませんもの。あの人は、いたいけな感じやすい子供を教えるような人じゃありませんでしたもの」

エマがベッドの上でピョンピョンはねた。「いつから学校に行けるの？」

「さあ、静かになさい。そうしないとまた頭が痛くなりますよ。学校はたぶん、新学期からね」

エマは膝を抱きしめた。「ああ、すごいわ《スーパー》！」

「ええ。でも、何でも自分の思い通りにできると思っちゃいけないのよ。ロバートおじ様がね——」ジュディはわっと泣き出してしまいそうだった。

ミセス・ハドソンはジュディの心の動揺を感じとったように、エマの関心をジグソー・パズルのほうへそらしてくれて、ジュディはやっと自分の心を落ち着かせることができた。

ミセス・ハドソンは、家に帰るときは電話で知らせてくれと言い残して帰っていった。

午後、予期せぬ訪問客があった。ルーシー・ペンバートンはまるで王室の人のようにいかめしく病室へ入ってきた。「まあ、ひどい！　おちびちゃん、いったい何をされたの？」

エマはこの大仰な声を聞いて脅えてしまい、今にも泣き出しそうだった。ジュディは言った。「エマはずいぶんよくなったんです。ここの先生たちはとてもすばらしい方ばかりですわ。そうよね？」

エマはうなずいたが、ルーシーはあからさまに嫌悪をもってじろじろ見た。「でもこんなになって！　この子は個室、そう、どこかもっと設備のいい、じゅうたんの敷いてある部屋に入るべきだわ！　おちびちゃん、具合はどう？」

「大丈夫よ」エマはジュディの方を見ていった。エマはロバートのアパートで病気になったあの夜以来、祖母に対して決して心を開かなくなっていた。

ルーシーはベッドのはじの方に腰をかけ、「さあ、おみまいよ」と、エマの前に小さな包みを置いた。

「とってもおりこうなエマちゃんへのごほうびよ」そしてまたジュディの方を見て言った。「どうして昨日の晩に知らせてくれなかったの?」

「あの……知らせなかったのかしら? 私――私、あの……ロバートが――」

「ロバートは今朝知らせてくれましたよ――電話でね」ルーシーは嫌悪を丸出しにしていた。「当然ロバートは、あなたが――だってエマの母親ですもの――あなたが知らせるだろうと思ったのよ」

ジュディは唇をぎゅっとむすんだ。ロバートは自分がこの子の父親だということをまだルーシーに話していないんだわ。でもいずれ……。

「どうもすみません。お母様にいらない心配をかけてはいけないと思ったものですから」

「いらない心配ですって? ジュディ、私はこの子の祖母なのよ! 孫がひどいけがをしたときぐらい、知る権利があるわ」

「お母様は大げさすぎますわ! エマは確かにけがをしました。頭をひどく切って、打撲傷もありました。でもそれだけなんです――」

「それだけ?」ルーシーはさげすむように言った。「いいこと、ジュディ、輸血というのは簡単にはできないのよ」

ジュディは深く息をした。ああ、ロバートは母親に輸血のことを話してしまったんだわ!

「この病院に血があってよかったわね。ここになかったらどうなってたと思うの？」

「何の血なの？　マミー」エマが心配顔で聞いた。

「何でもないのよ、おちびちゃん」とルーシーが持ってきた包みをあけると、高価な人形がでてきた。

「ほら、見て！　きれいじゃない？」ジュディはエマの注意をそらそうとしたが、ロバート自身が血液提供者だという思いが、頭の中でぶんぶんいっていた。

ルーシーは帰り際にまた言った。「エマをもっといい病室へ移すように話をつけてくるわ！」

「お願いです！　ここがいいんですの。それに、私今晩帰りますから」

「じゃあ、ロバートに話すわ。この私の孫がこんなひどいところにいるなんて、考えただけでもぞっとするわ」

「そうなさりたいのなら、どうぞ」

「あなたにそんなこと言われるおぼえはないわ！」ルーシーは首を振った。「ロバートはミス・ローソンを追い出したことも話してくれたわ。なぜだかわかってるの？」

「エマが村の学校へ行くからですわ」

「村の学校ですって！」

「その通りです」

「ロバートはいったい何を考えているのかしら?」ルーシーの目は細くなった。「もちろんあなたのさしがねなんでしょうけどね」

ジュディは今度は一歩もひかなかった。「エマはほかの子供たちと一緒になる必要がありますわ。おわかりだと思いますけど」

ルーシーの口は一瞬ねじ曲がったが、「おお、ジュディ」という声の中には奇妙な苦い調子があり、目の中には嘆願があった。「ジュディ、あなた、またロバートを傷つけるようなことをしたの?」

ジュディは驚いて、「ロバートを傷つけた? 私が?」とルーシーの言葉を繰り返した。

「私はばかな年寄りですよ。もう、行かなくちゃ。ハルバードが車で待ってるの。さようなら」

「さようなら」義母の毛皮のコートが宵の闇の中へ消えていったとき、ジュディの脳裏をかすかではあるがある不安がよぎった。

その夜遅く、ジュディはタクシーで家へ帰った。バスの乗客のざわめきや雑踏の中へはとうてい入る気分にはならなかった。

外は湿ってひどく寒かったが、家の中は暖かく明るかった。けれどもジュディの心は陰うつに沈みこんでいた。

「もうお食事はおすみですか?」

「いえ、食べてないわ。でもおなかがすかないの――」ジュディは急に口をつぐんだ。部屋の向こう側のテーブルの上の花瓶にさしてある白いバラに気がひかれたのだ。「あのお花、どうしたの？」

「今日の午後届いたんですよ。きれいですこと」

「誰からなの？」

ミセス・ハドソンは肩をすくめた。

「カードはついておりませんでした。奥様ご存じじゃないんですか？」

「いいえ、知らないわ。今日、ロバート――ロバートから連絡あった？」

「いいえ、奥様。バラを送ってくださったのはロバート様だとお思いなのですか、奥様？」

ジュディは言下にそれを否定した。「いいえ――いいえ、そうは思わないわ。私――私、ただ、電話があったんじゃないかと思って」

「わかりました」ミセス・ハドソンの表情は、心の中をスケッチしてみせているようだ。

「あのちっちゃなお嬢ちゃんはどうですか？」

「眠ってるわ」ジュディはため息をついた。「朝のうちには戻らなくちゃ」

「奥様はお疲れなんですよ。おやすみにならなければ。温かいミルクをお持ちしましょう」

「いいえ、まだいいわ。ところで、ミス・ローソンはどこ——どこに行ったの？」

「きっとロンドンだと思いますわ、奥様。ミス・ヒリンドンに会いにいったんじゃないかと思います」

「ああ、そう、パメラね」ジュディはうなずいて、ソファに横になり、クッションに頭を沈めた。

「そんなことをなさっていると、ご自分もご病気になってしまいますよ」

「大丈夫よ、ありがとう。ミセス・ハドソン」

突然、ひっそりとした夜気を破って、耳をつんざくブレーキのきしりがして、家の前で一台の車が止まった。反射的にジュディは立ち上がり、もつれた髪を手でとかした。「私だったらいないことにして。私、今、誰にも会いたくないの」

「それがよろしゅうございます、奥様」

ジュディは後ろ手にラウンジのドアを閉め、まるで力ずくで侵入者を入れまいとするかのようにドアにもたれかかった。が、ジュディの心のつかの間の平穏は、ホールを歩いてくる足音でこなごなに壊された。冷たい空気とともに、ロバートが煙草やシェービングクリームの男っぽい香りをただよわせながら部屋へ入ってきたとき、ジュディはかろうじて倒れずに立っていた。

ロバートはジュディを見つけると、ドアを閉め、スエードのオーバーのボタンをはずした。

ジュディはできるだけロバートから離れようとした。二人はしばらくの間、無言で見つめあっていた。

「病院へ行ってきたところなんだ。君に会えると思って。いったいどうやって帰ったんだい？　ヒリンドン氏が送ってくれたの？」

「フランシス？」ジュディは顔をしかめた。「いいえ――どうして？」

「ヒリンドン氏が見舞いにいくと言ってたもんだから」ロバートは肩をすくめた。

ジュディはがたがた震えていた。「エマはだいぶよくなっていたでしょう？」

「うん。眠っていたんだが、呼吸も規則正しかったし、顔色もずっとよくなっていたよ」

「そう」ジュディはひどく神経質になっていた。

「どうしたんだ！　僕がここに来た理由を聞いてくれないのか？」

ジュディは肩をすくめた。「わかったわよ。どうしてここへ来たの？」

ランプの弱い光の下で、ロバートはどことなく疲れているように見えた。目や口のまわりに緊張のあとが残っていた。ロバートはサイドテーブルの上の白いバラの方をちらっちらっと見ていたが、やがてこう言った。「君に会いにきたんだよ、ジュディ」

「どうして？　これ以上話し合うことは何もないと思うけど。エマがはじめからあなたの子だったという事実をお母様にいつ、どう打ち明けるか私に教えてくれる気がないならばね」

「ジュディ！」ロバートは苦しげに叫んだ。「そんな言い方をするのはやめろ。誰もエマの父親のことを僕の口から聞くことはないんだ！」

ジュディはじっとロバートを見つめていた。「その言葉を信じろっていうの？」

ロバートはゆっくり首を振った。「僕がそんなことするとでも思ってるのか！　僕は血も涙もある人間だ！　僕たち以外の人にはエマはマイケルの娘で、これからもずっとそうだ。僕が愛して尊敬した一人の男のために、そしてその娘のために！」

ジュディは目の奥で涙がうずいているのを感じていた。「わかったわ。じゃあ、どうしてあなたはそのことを知らなきゃならなかったの？」

ロバートはジュディから目を離さずに言った。「君がマイケルと結婚したことと、マイケルと恋におちたということとは何の関係もないことを確かめたかったからなんだ。僕は身勝手な男だからね」

「マイケルはとても私にやさしかったわ。私――私、彼がいなかったらどうしていいかわからなかった」

「そうかもしれない。でもやっぱりこの僕に話すべきだったんだ！」ロバートは叫んだ。「ジュディ、僕こそ君が頼るべき男だったんだ！　マイケルじゃない！」

「でも、いったいどうすればよかったっていうの？　あなたはいなかったのよ。それに、妊娠したから帰ってきて結婚して、とはとても露骨で言えなかったわ。そんなときにマイケルはやさしく私の言うことを聞いてくれたのよ！」

ロバートの目は、ジュディのほっそりした体を上から下まで不安そうに見下ろした。

「君は何もわかっちゃいないな。僕は君の言葉をこころよく迎え入れたろうに」

ジュディは、胸が締めつけられる思いだった。「私に向かってそんなことが言えて？

私の手紙にあんな返事をくれたくせに」

ロバートは深くため息をついた。「わかってる、わかってるよ。でも僕は怒っていたんだ。わからないのかい？　わかってくれ、ジュディ。君は僕の言葉に全く耳を傾けようとはしなかった。僕がプロポーズしたときも、拒絶した。仕事での僕の立場を理解しようともしなかった。どうしてあの手紙の本当の意味をわかれっていうんだい？　破り捨ててしまったよ。でも、そのあとで考え直したんだ」

「どうして？」

「ああ、なぜだかわからないよ。僕たちの間がすべて終わってしまったとは思えなかったんだ。ベネズエラから帰ってきたとき、なぜ僕たちが別れたのかをはっきりさせるために、また君に会いたいと思ってたんだ」

「あなたの手紙はそんな感じじゃなかったわ」

「わかってる。でも、君は本当にこの僕の兄と結婚しなくちゃならなかったのかい？」

「簡単に決めたわけじゃないのよ。信じてちょうだい。私、孤独だったの。マイケルは私を少しでも理解しようとやさしさを示してくれたただ一人の人だったのよ。マイケル――マイケルは私に、あなたに手紙を書いて真実を告げるようすすめてくれた。マイケルはあなたが責任をとるだろうことを知ってたんだと思うわ。でも――でも、私、そんなふうにしてあなたと結婚したくなかったの……」ジュディは背中を向けて走り出した。

ロバートはジュディのあとを追ってくると、ジュディの腰をつかまえ、抵抗するジュディの体を強い力で引き寄せた。ロバートの唇がうなじに触れた。ロバートはうめいた。

「ああ、ジュディ。もう離さない！」

ジュディはロバートに体をあずけていた。答えを求めているロバートに、ジュディの心は痛んだ。ジュディはつっかかるように言った。「あなたはエマの父親かもしれないけど、パメラ・ヒリンドンと婚約してるのよ。だから私とこうして愛し合う資格はないわ」

「資格がない？」とロバートは涙でぐっしょりぬれたジュディの目をのぞきこんだ。「僕にはどんな資格だってあるさ。君を愛しているんだよ、ジュディ。もう止められやしない。僕を信じてくれ。君がマイケルと結婚したとわかったときには、確かに君を憎んだよ。でも君だって僕を愛してるはずだ。だから僕を拒絶しないでくれ！」

ジュディはゆっくり首を振った。「私――私、あなたを愛してるわ。でも、決してあなたの――あなたの愛人になんかならないわよ！」

ロバートは眉をつり上げた。「そんなこと言ってないじゃないか！　そんな理由で君は――この前の土曜日に僕から逃げ出してしまったのかい？」

ジュディはぶるぶる震えていた。「だって、そう考えるしかないじゃないの。あなたは――あなたはパメラのフィアンセ――」

「パメラを愛してなんかいない。今までだって愛したことはない。今朝そうパメラに言ってきたんだ」

ジュディはまばたきした。「本当？」

「そうさ。君が今でも僕を愛してるってことがわかったからには、ほかの女と結婚するなんてことができると思うかい？」とロバートはジュディを強く抱きしめた。「ああ、ジュディ。君は僕にどんなにひどい苦痛を与えたかわかっちゃいない。忘れはしない――忘れはしない――」ロバートの唇はやさしくジュディの唇を求め、しだいに熱烈になっていた。ジュディはまるで水の中を泳いでいるような感覚にひたり、体は意志に反してロバートを求め、ロバートの腕の中で溶けてしまいそうだった。やっと体が離れたとき、ロバートの顔は青白く、緊張していた。「君は僕と結婚しなくちゃならないよ。結婚したいと言ってくれ。さもないと……神様、僕をお助けください――僕――僕はどうしたらいいんだ！」

「ああ、ロバート！」ジュディは両手でロバートのざらざらした頬をなでた。「いつでもあなたのおっしゃるときに！　でも、私その前にあなたにあやまらなくちゃならないことがあるわ。六年前、私、ばかだった。私のほうこそいけなかったの。ああ、私、どう言ったらいいの？」とジュディは首を振った。「私、欲しかったの。わかって！　あなたの子供が欲しかったのよ！」

　ロバートはふたたびジュディを引き寄せて、唇を重ねた。その口づけは今までよりもはるかに深く、熱烈だった。「もう、いいんだ。何も言うな、ジュディ。今だって君が欲しい。でも正式に結婚するまで、二度と君を求めまいと心に決めたんだ」

「それに、エマのことも？」

「もちろんさ。真実を知ってるのは君と僕だけなんだ」

「それとお母様でしょ？」

「パメラのことはもう話した。エマのことは察したとしても、何も言わないだろう」

「そう」ルーシーが病院から帰るときに、妙に謎めいた言葉を残したのもこれでわかった。

「ジュディ」ロバートは突然言った。「もし……もし、僕がエマのことに気がつかなかったら、僕に黙っているつもりだったのか？」

　ジュディは頭を垂れた。「私があなたとパメラの間に割って入るような女だと思うの？」

「ジュディ、僕がパメラに対していだいている感情は、君に比べれば取るに足りないものだってことをこの前の土曜日にわかったはずじゃないか。ありがたいことにサンドラがブランコを切ってくれたし。口にするのも恐ろしいことなんだが、エマの事故がなければ、この上何カ月もお互いに回り道をすることになったかもしれない」

「あなたはこの春にパメラと結婚することになっていたんでしょう?」

「本気でそんなことを考えていたのか?」ロバートは強く首を振った。

ジュディはロバートの頰をなでながら言った。「でも私がフランシスと外出したあの日、あなたはとても怒ってた——」

「やきもちを妬いてたんだ!」とロバートの声は高くなった。「君が僕のことをもっと信用していてくれたら、僕がなんで怒ってるかわかったろうに」

「ああ、ロバート」とジュディは腕をロバートの首に巻きつけた。それから思い出したくもないというように顔をしかめた。「でもどうしてあのサンドラがブランコを切ったことを知ったの?」

「ミセス・ハドソンが話してくれたのさ」

ジュディはやさしく微笑《ほほえ》んだ。「あなたがいてくれて本当に運がよかったわ。いてくださらなかったらどうなっていたことか! でもあのときなぜここにいらしたの?」

「ヒリンドン家へ行ってきたところだったんだ。フランシスがエマの学校のことを話してくれてね」

「私——私が頼んだのよ」

「うん、聞いたよ。それに僕もそのことでは頭にきていたんだ。特に日曜日の事件以来、もう一度エマの教育について考え直そうと決心したってわけさ」

「あなたが？　本当に？」ジュディはロバートを抱きしめた。「ああ、ダーリン。うれしいわ！」

「うん、サンドラのような人にエマは向いてなかったんだね。サンドラは一種の番犬だった。さて、いつ結婚してくれる？　すぐに？　いいね」

ジュディは突然目を見張った。「白いバラ！」ジュディは叫んだ。「あなたが贈ってくれたのね、あの白いバラ！」

「もちろん。ほかに誰がそんなことするんだ？」

「私、昨日の夜病院でのことがあってから、あなたのことを考えまいとしていたのよ。あなたがお花を贈ってくださるなんて！」

ロバートの視線はジュディをなでるように見た。ジュディの頬に暖かい赤みがさしてきた。「僕にしたって昨日の晩あんなふうにして君と別れたくはなかったさ。君に結婚を申し込む前にパメラに話しておかなきゃならなかったんだ。僕は自由になる必要が、絶対その必要があったんだ」

「ねえ、マイケルがこうなることを予期していたと思う？」

「たぶんね。マイケルは、君が特別なことでもない限り決して僕に連絡しないことを知っていたし、それに君をいつも守ってくれる人間がいることを見届ける必要があったんだ」

ロバートはジュディを引き寄せた。

「おお、ロバート、私とても幸せよ」

長い間、ランプのともったラウンジに、しっとりとした静寂が流れていた。が、ロバートは決心したようにジュディを離した。「行かなくちゃ。これ以上こうしているとほんとに帰る気がしなくなるよ」

ジュディはロバートの上着のボタンをはずし、シルクのシャツを着ただけのロバートの暖かい体に自分から体を押しつけた。「サンドラは行ってしまったし、ベッドはひとつあいてるけど……」

ロバートは首を振った。「ジュディ、僕は君が大好きだ。だけど分別を持たなくちゃ。僕は結婚するまで待つことができる」

「わかったわ。今度いつ会ってくださる？」

「朝のうちにでも。病院へ行ってエマに話そうじゃないか。エマはどう思うだろう？」

「エマはあなたが大好きよ。わかってるくせに」

「そしてエマが大きくなったとき、本当のことを話せばいい」とロバートはジュディの頬にキスした。「エマはきっとわかってくれるさ。だってエマは僕の子なんだから」

●本書は、1980年2月に小社より刊行された作品を文庫化したものです。

冬の白いバラ

2024年2月15日発行　第1刷

著　　者／アン・メイザー

訳　　者／長沢由美（ながさわ　ゆみ）

発 行 人／鈴木幸辰

発 行 所／株式会社ハーパーコリンズ・ジャパン
東京都千代田区大手町1-5-1
電話／03-6269-2883（営業）
0570-008091（読者サービス係）

印刷・製本／中央精版印刷株式会社

表紙写真／© Soare Cecilia | Dreamstime.com

ISBN978-4-596-53543-6